ROMEU E JULIETA

Tradução e adaptação
WALCYR CARRASCO

ROMEU E JULIETA

Teatro e prosa
WILLIAM SHAKESPEARE

1ª edição
São Paulo

Ilustrações
Weberson Santiago

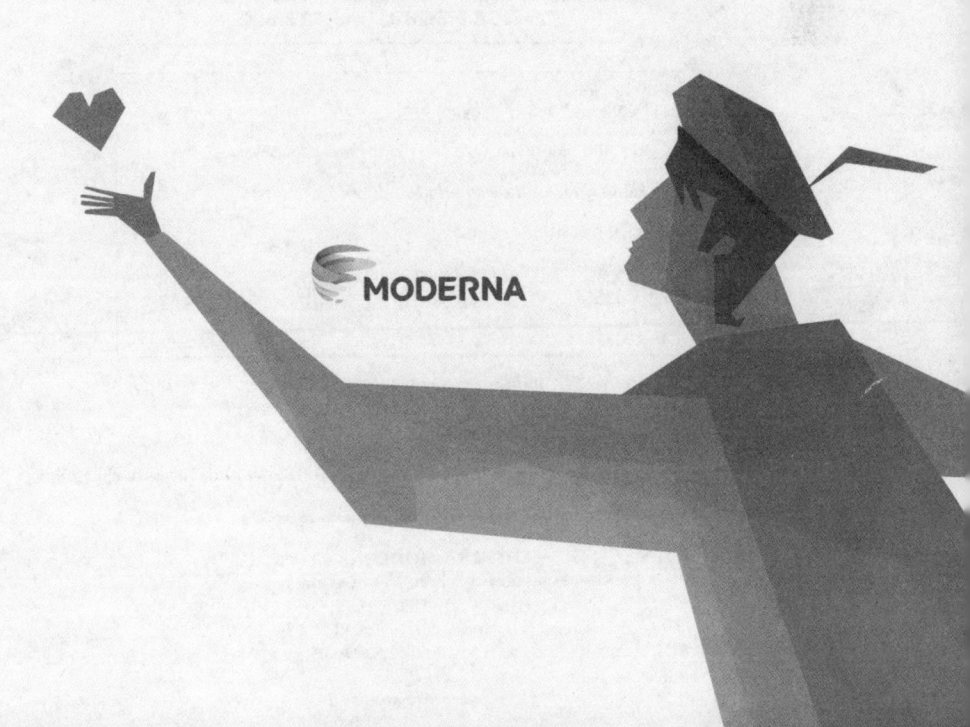

MODERNA

© WALCYR CARRASCO, 2016

COORDENAÇÃO EDITORIAL	Maristela Petrili de Almeida Leite
EDIÇÃO DE TEXTO	Marília Mendes
COORDENAÇÃO DE EDIÇÃO DE ARTE	Camila Fiorenza
DIAGRAMAÇÃO	Michele Figueredo
ILUSTRAÇÕES DE CAPA E MIOLO	Weberson Santiago
COORDENAÇÃO DE PESQUISA ICONOGRÁFICA	Luciano Baneza
PESQUISA ICONOGRÁFICA	Mariana Pinho de Alencar
COORDENAÇÃO DE REVISÃO	Elaine Cristina del Nero
REVISÃO	Andrea Ortiz
COORDENAÇÃO DE *BUREAU*	Américo Jesus
TRATAMENTO DE IMAGENS	Denise Feitoza Maciel
PRÉ-IMPRESSÃO	Everton Luis de Oliveira
COORDENAÇÃO DE PRODUÇÃO INDUSTRIAL	Andrea Quintas dos Santos
IMPRESSÃO E ACABAMENTO	Gráfica Santa Marta
	Lote 781639
	Cod 12103057

TRADUZIDO DO TEXTO ORIGINAL, COMPLETO, HOSPEDADO NO ENDEREÇO:
HTTP://SHAKESPEARE.MIT.EDU/ROMEO_JULIET/INDEX.HTML. ACESSO EM: JANEIRO DE 2016.

Estudo comparativo em:
MLA. CROWTHER, John (Ed.). *No Fear Romeo and Juliet*. Disponível em: SparkNotes.com. SparkNotes LLC. 2005. Web. Acesso em: março de 2015. The Chicago Manual of Style. CROWTHER, John (Ed.). *No Fear Romeo and Juliet*. SparkNotes LLC. 2005. Disponível em: http://nfs.sparknotes. com/romeojuliet/. Acesso em janeiro de 2016.
APA. CROWTHER, John (Ed.). (2005). *No Fear Romeo and Juliet*. Disponível em: http://nfs.sparknotes.com/romeojuliet/. Acesso em janeiro de 2016.
HUNDSNESS, David (Ed.) (2004). Shakespeare, W. Romeo and Juliet. Shakespeare's complete original script based on the Second Quarto of 1599, with corrections and alternate text from other editions indicated as: 1First Quarto of 1597; 2Second Quarto of 1599; 3Third Quarto of 1609, 4Fourth Quarto of 1622, 5First Folio of 1623, and + for later editions. First performed around 1595. Line-numbering matches the Folger Library edition of 1992. Spelling and punctuation are modernized (American) with some indications of pronunciation. Stage directions are clarified. Side notes are given for vocabulary, figurative language, and allusions. Used freely for education and performance. Disponível em www.hundsness.com. Acesso em janeiro de 2016.

Dados Internacionais de Catalogação na Publicação (CIP)
(Câmara Brasileira do Livro, SP, Brasil)

Carrasco, Walcyr
   Romeu e Julieta / William Shakespeare ; tradução e adaptação Walcyr Carrasco; ilustrações Weberson Santiago. — 1. ed. — São Paulo : Moderna, 2016. — (Série clássicos universais)

   Título original: *Romeo and Juliet.*

   ISBN 978-85-16-10305-7

   1. Teatro - Literatura infantojuvenil I. Shakespeare, William, 1564-1616. II. Santiago, Weberson. III. Título. IV. Série.

16-00687   CDD-028.5

DE ACORDO COM AS NOVAS NORMAS ORTOGRÁFICAS

Índices para catálogo sistemático:
1. Teatro: Literatura infantil   028.5
2. Teatro: Literatura infantojuvenil   028.5

EDITORA MODERNA LTDA.
Rua Padre Adelino, 758 - Quarta Parada
São Paulo - SP - Brasil - CEP 03303-904
Vendas e Atendimento: Tel. (11) 2790-1300
www.moderna.com.br
2023
Impresso no Brasil

Sumário

ROMEU E JULIETA

Marisa Lajolo

Uma história de todos os tempos

Todo mundo já ouviu falar das personagens que dão nome a este livro? Há quase meio milênio, Romeu e Julieta, por ares de William Shakespeare (Inglaterra, 1564-1616), são nossos conhecidos. O casal de jovens apaixonados parece comover, há gerações, plateias de teatro e leitores.

Sua mãe, sua avó, sua bisavó... todas elas com certeza choraram por Julieta. E seu pai, seu tio, seu avô? Com certeza se imaginaram na pele de Romeu... *Romeu e Julieta* no teatro, em livro, no cinema, no balé, na TV vem seduzindo plateias e leitores desde 1597, quando foi encenada pela primeira vez.

E agora chegou sua vez. Você vai deixar-se envolver pela antiga história, através deste belo livro em que Walcyr Carrasco conta dos amores dos italianinhos mais românticos do mundo.

Uma história de muitos lugares

Paixões súbitas, amores proibidos, lágrimas e sofrimento, alegria de encontros, enamorados separados por questões de família, aliados do casal que fazem de tudo para ajudar... todos esses ingredientes fazem parte desta história.

E não só *dessa* história, talvez... Talvez na nossa própria história, na vida de cada um de nós tenha havido alguns amores incompreendidos e outros secretos. Será? É bem provável que sim, e talvez por isso este tema circule por todo o planeta e percorra a literatura desde muito, muito antigamente.

O poeta romano Ovídio (43 a.C.-17/16 d.C.) incluía em seu livro *Metamorfoses* a história do jovem casal Tisbe e Piramo. Eram jovens vizinhos e se apaixonaram. Mas a família de ambos não queria saber do romance. Eles então combinam um encontro clandestino, que acaba sendo fatal para ambos.

Mais para a frente, outros escritores retomam o tema.

Particularmente, dois destes *outros* escritores parecem ter influenciado a obra de Shakespeare. São eles o italiano Matteo Bandello (c.1480-1552) e o inglês Arthur Brooke (??-1563), que em 1562 publicou *A trágica história de Romeu e Julieta* (*The Tragicall Historye of Romeus and Juliet*).

Ou seja, por detrás desta tradução e adaptação de Walcyr Carrasco, há outras muitas traduções e adaptações, algumas especialmente escritas para leitores jovens como você. Por exemplo, a publicada pelos irmãos Mary e Charles Lamb em 1907 [*Contos de Shakespeare* (*Tales from Shakespeare*)]. No livro, Mary e Charles reescrevem, em forma de narrativa, a peça original de Shakespeare. Como fez Walcyr Carrasco na segunda parte deste livro,

Mas antes que você mergulhe na história dos apaixonados de Verona, mais dois dedinhos de prosa. Pode ser? Vamos lá!

Uma história de muitos pontos de vista

Se há tanto tempo o amor proibido de um casal jovem vem desafiando e encantando leitores, é interessante ver como diferentes versões da história assumem diferentes perspectivas. Na versão de Ovídio, por exemplo, a história se passa na Babilônia; já na versão de Brooke e na de Shakespeare, na Itália. E, no filme brasileiro –

Maré – nossa história de Amor (Lucia Murat, 2007) – que se inspira na história de Shakespeare, o cenário é uma favela carioca.

Cenários variadíssimos, como se vê!

Entretanto, não é apenas o espaço em que se passa a história dos jovens apaixonados que varia, de uma obra para outra. É diferente em diferentes obras. São também variadas (e impressionantemente diferentes!) as perspectivas sob as quais a história é contada. Essas diferenças tornam interessante uma breve visita à *história desta história*.

Nas duas versões inglesas mais antigas, por exemplo, o final trágico da relação amorosa dos jovens é avaliado de forma diferente pela voz que conta a história.

Para Brooke, a história é pretexto para censura à desobediência. Em seus versos, a história funciona como exemplo para que os jovens obedeçam aos mais velhos. Já para Shakespeare, é o oposto: o desenlace é visto como crítica à intolerância e à prepotência dos pais.

Uma história de muitas personagens

Romeu e Julieta são os protagonistas da história, mas não estão sozinhos. Moravam na Europa do século XVI, quando o que hoje se conhece como Itália era um conjunto de cidades-estado. Verona era uma delas. Em todas, governava a aristocracia, o que explica a presença de príncipes, condes e pajens entre as personagens.

Não são eles, apenas, no entanto, que compareçam à peça de Shakespeare. Ela, aliás, se abre com a figura de *criados* e logo depois entra em cena a *ama* de Julieta.

Muito embora os criados representados na peça assumam as simpatias e antipatias dos patrões, eles parecem trazer para a peça traços de cotidiano da época e pinceladas de realismo. Logo na primeira cena, um criado da família Capuleto manifesta sua adesão ao "partido" de seus na briga com os Montecchio: *Basta ver um cachorro da família Montecchio para ficar furioso* (p. 38).

Na sequência, a ação torna-se cômica, quando o mesmo criado que declarara fidelidade aos Capuleto proclama sua coragem: [...] *Minha fúria é tanta que explodiria como um vulcão* (p. 39), ao que o outro criado retruca, ironizando: *Com certeza sairia apenas uma fumacinha de suas orelhas* (p. 39). Em outra passagem, outro criado dos Capuleto registra o analfabetismo, o corrente na época entre as classes populares. Encarregado pelo patrão de distribuir convites a partir de uma lista de nomes, ele reclama:

[...] para procurar os donos dos nomes escritos aqui, vou ter de encontrar alguém que saiba ler (p. 51). Mais adiante, a ama reclama de Julieta: *Como teve coragem de me enviar para a rua, neste calor, a caminhar de um lado para outro?* (p. 96).

Ou seja, muito embora o romantismo do amor entre Romeu e Julieta ressalte na história que Shakespeare apresenta ao público no finzinho do século XVI, bem como nas centenas de opiniões críticas que sobre ela até hoje se produziram, o dia a dia da Europa da época também se reflete no texto.

Uma história de muito amor, lirismo e emoção

As personagens centrais da peça *Romeu e Julieta* são muito – mas muito – jovens e vivem um episódio de amor instantâneo, intenso e arrebatador. Veem-se numa festa – na qual Romeu é um penetra! –, conversam do jardim para uma janela, casam-se secretamente e... não! Não vou aqui estragar o enredo!

Na noite de núpcias, um diálogo entre os jovens esposos é antológico: Romeu precisa ir embora antes do raiar do dia, e Julieta quer retê-lo. A conversa entre os recém-casados traduz a passagem da noite para o amanhecer a partir do canto de pássaros e do movimento da luz. Diz Romeu como que se despedindo: *[...] foi a cotovia, que anuncia a manhã.*

Observe, querida, os rastros de luz que atravessam as nuvens lá no nascente. As estrelas da noite se apagaram; o dia já aparece na ponta dos pés. Preciso partir e viver, pois, se ficar, morrerei (p. 124)

A essa emocionada fala de Romeu, responde Julieta. Um belo poema com que Olavo Bilac – sim! ele também se deixou fascinar pela história dos enamorados de Verona! – reescreve a cena, em que Julieta tenta reter Romeu:

Não é o dia! O espaço inda se estende,
[cheio
Da noite caridosa. Exala do ígneo seio
O sol, piedoso e bom, este vivo clarão
Só para te guiar por entre a cerração...
Fica um minuto mais! Por que partir
[tão cedo?[1]

Com certeza, este casal de apaixonados, que vem há tantos séculos apaixonando leitores, escritores, espectadores e telespectadores, ainda nos apaixona.

[1] http://www.literatura brasileira.ufsc.br/_documents/0042-01282. html#RomeueJulieta. Acesso em: 5 de janeiro de 2016.

E por que nos apaixona?

Talvez porque nos envolve em um sentimento amoroso desatado, envolvente, total. E, nessa medida, profundamente pessoal. Mas talvez também nos seduza e apaixone porque nos faz sentir e vivenciar – pela magia da leitura literária – que, por mais pessoal e íntimo que seja o sentimento amoroso, ele se desenrola num determinado ambiente social. Na Babilônia de muito tempo atrás, para Ovídio; na Verona do século XVI, para Shakespeare; no Brasil do século XXI para nós que estamos lendo este livro.

E nisso, na pele dos infelizes amantes e das demais personagens, também vivenciamos e aprendemos como intolerância, intransigência, ódio e arrogância são os grandes e mortíferos adversários do amor.

Não é assim?

Fontes consultadas

www.portalconservador.com /livros/William-Shakespeare. Acesso em: jan. 2016

www.shakespeare-online.com Acesso em: jan. 2016

http://www.literaturabrasileira.ufsc.br/_documents/0042-01282.html#RomeueJulieta Acesso em: jan. 2016

http://www.brasiliana.usp.br/bbd/handle/1918/2/search?order=DESC&rpp=10&sort_by=score&page=2&group_by=none&etal=0&view=listing&fq=dc.subject.lcsh:%22Brazilian%20literature%20-%2020th%20century%22&fq=dc.contributor.author:Bilac,%5C%20Olavo,%5C%201865%5C-1918 Acesso em: nov. 2015

Linha do tempo
Romeu e Julieta, de William Shakespeare

Marisa Lajolo
Luciana Ribeiro

1564	Nascimento de William Shakespeare em Stratford-upon-Avon.
1585	Shakespeare inicia, em Londres, carreira como ator, dramaturgo e poeta.
≈1594/1596	Shakespeare escreve *Sonho de uma noite de verão.*
1599	Shakespeare torna-se sócio da casa de teatro *Globe Theatre,* local em que foram apresentadas suas maiores peças teatrais.
≈1599/1600	Shakespeare escreve *Hamlet* (encenado pela primeira vez em 1603).
1609	Publicação de *Sonetos* (obra composta por 154 poemas).
1616	Morte de William Skakespeare.
1623	Publicação do *First Folio,* volume que recolhe 36 obras de Shakespeare, sendo 18 inéditas.
1807	Os irmãos Charles e Mary Lamb publicam *Tales From Shakespeare,* obra voltada para o público infantil, que reescreve em forma de contos várias peças de Shakespeare.
1835	No Rio de Janeiro, o ator João Caetano interpreta *Hamlet* (texto traduzido do inglês por J. A. de Oliveira Silva).
1836	Estreia da ópera *Amor Proibido,* de Richard Wagner (inspirada em *Romeu e Julieta*).

1840	A pedido de João Caetano, J. A. de Oliveira Silva retraduz *Hamlet* a partir, agora, do texto francês de Ducis.
1842	Gonçalves de Magalhães traduz *Othelo* a partir da tradução francesa de J. Ducis (texto encenado por João Caetano).
1845	O teatrólogo brasileiro Martins Pena escreve *Os ciúmes de um pedestre ou o terrível capitão do mato*, primeira obra brasileira a citar uma personagem de Shakespeare (Otelo).
1846	Gonçalves Dias, poeta brasileiro, escreve a peça *Leonor de Mendonça*, inspirada em Otelo.
1853	Almeida Garrett, poeta português, relembra Shakespeare em versos do poema *Ai! Helena* (integrante do livro *Folhas Caídas*).
	Álvares de Azevedo, poeta brasileiro, cita Shakespeare em sua obra *Lira dos vinte anos*.
1856	Joaquim Manuel de Macedo, romancista brasileiro, escreve o *Novo Othelo*, paródia da obra Shakesperiana.
1872	Shakespeare é citado no prólogo de *Ressurreição*, de Machado de Assis.
1873	Publicação do Solilóquio de *Hamlet* traduzido por Machado de Assis (texto incluído posteriormente em *Poesias Completas*).
1876	Machado de Assis publica no *Jornal das Famílias* conto intitulado *To be or no to be*.
1881	Machado de Assis cita Shakespeare na abertura de *Memórias póstumas de Brás Cubas*.
1887	Estreia a ópera *Otello*, de Verdi, inspirada na obra de Shakespeare.

1929	Adaptação de *A megera domada* para o cinema (adaptação e direção de Sam Taylor. Foram filmadas duas versões: uma muda e outra falada).
1933	Publicação de *Hamleto*, a primeira tradução integral de uma obra shakespeariana no Brasil (Tristão da Cunha, Editora Schmidt).
1935	Lançamento do filme *Sonho de uma noite de verão*, de Max Reinhardt.
1938	Lasar Segall desenvolve cenários para o balé *Sonhos de uma noite de verão*, apresentado no Teatro Municipal de São Paulo.
	Estreia do espetáculo *Romeu e Julieta*, apresentado pelo grupo de Teatro Estudante do Brasil, de Paschoal Carlos Magno.
1943	Tradução, por Mário Quintana (Ed. Globo), de *Tales From Shakespeare* (Charles & Mary Lamb).
1960	Estreia da ópera *Sonho de uma noite de verão*, de Benjamim Britten.
	Publicação de o *Otelo Brasileiro de Machado de Assis*, trabalho de Helen Caldwell, que estuda a presença de Shakespeare na obra de Machado de Assis.
1965	Estreia, na TV Excelsior, da novela *A indomável*, de Ivani Ribeiro, inspirada na obra *A megera domada*.
1967	Estreia do filme *A megera domada*, direção de Franco Zeffirelli, com Elizabeth Taylor e Richard Burton.
1974	Estreia do espetáculo *Um homem chamado Shakespeare* (texto e direção de Barbara Heliodora).
1978	Mauricio de Sousa homenageia Skakespeare na revista em quadrinhos *Mônica e Cebolinha no mundo de Romeu e Julieta*.

1979	Millôr Fernandes traduz *A megera domada* (L&PM editores, Coleção Pocket).
1985	Lançamento do filme *Ran*, de Akira Kurosawa, inspirado em Rei Lear.
1998	Lançamento de *A megera domada* (por Lacerda Editores. Tradução de Barbara Heliodora).
	Lançamento do filme *Shakespeare Apaixonado*, dirigido por John Madden.
2000	Estreia, na Rede Globo, da novela *O cravo e a rosa*, de Walcyr Carrasco, inspirada em *A megera domada*.
2001	Lançamento de *Sonho de uma noite de verão* (e-book , L&PM Editores. Tradução de Beatriz Viégas-Faria).
	Estreia do espetáculo de balé *A megera domada*.
2002	Publicação da peça inédita *O caboclo*, de Aluísio Azevedo e Emílio Rouède, inspirada em *Otelo* (texto escrito originalmente em 1886).
2003	Lançamento do filme *O homem que copiava* (Shakespeare e sua obra são citados no enredo), com Lazáro Ramos e Leandra Leal. Direção de Jorge Furtado.
2006	Grupo Olodum estreia o espetáculo *Sonho de uma noite de verão* (tradução de Barbara Heliodora; direção de Márcio Meirelles).
2008	Estreia o espetáculo *A megera domada* (realização da Companhia Teatro do Ornitorrinco. Direção de Cacá Rosset).
2009	Estreia, na TV Globo, a minissérie *Som & Fúria*, cujos personagens são atores envolvidos com a obra de Shakespeare.

2011	Aberta a exposição *Fame, Fortune & Theft: the Shakespeare First Folio* (relíquias de colecionadores: 82 manuscritos e 10 peças originais).
	Sinfônica de Heliópolis e o Coral da Gente apresenta o espetáculo *Sonho de uma noite de verão* (Regência de Isaac Karabtchevsky e narração de Thiago Lacerda).
	Lançamento da coleção Shakespeare em quadrinhos, incluindo *Sonho de uma noite de verão*, de Lilllo Parra e Wanderson de Souza (Editora Nemo).

Referências

• http://www.barbaraheliodora.com/frames.htm Acesso em: jan. 2016.
• http://www.theatromunicipal.rj.gov.br/ballet.html Acesso em: jan. 2016.
• http://www.academia.org.br/abl/cgi/cgilua.exe/sys/start.htm?infoid=4275&sid=531 Acesso em: jan. 2016.
• http://vejasp.abril.com.br/revista/edicao-2071/releituras-de-shakespeare-estao-presentes-no-mundo-todo Acesso em: jan. 2016.
• http://www.uece.br/posla/dmdocuments/agnesbessasilva.pdf Acesso em: jan. 2016.
• http://www.maxwell.lambda.ele.puc-rio.br/12701/12701.PDFXXvmi=Fk2CC9j-8quZqg5MX4roh8UuextuqEgkkCmXevinXNmp4sd2xFqQOml4UQzmvPHRs5PI-C86BWt21Xf4vUumKSJOOBnb7eTZHZPpCXwdV2fW0u1vqwTbpE1efopmEkmlk-cMWbkb7mr4mX6TpDOB4sCiJ2J7G4t3pHQnSbz0x25V0cPpQE2U8FdSIW0o2uss-cjQ6vp64sc0spQTguWbECowkmxKp3eSfzJl5as9DGa7612mvZxbCXJXlhJLkXEBwo-XC Acesso em: jan. 2016.
• http://www.acidezmental.xpg.com.br/top_10_fraudes_literarias.html Acesso em: jan. 2016.
• http://www.ibamendes.com/2011/09/da-presenca-shakespeariana-no-brasil-no.html Acesso em: jan. 2016.
• http://www.britannica.com/shakespeare/article-248478 Acesso em: jan. 2016.
• http://www.fflch.usp.br/dlcv/lb/index.php?option=com_content&view=article&id=21&Itemid=27 Consulta em: 05.05.2014.

PAINEL DE IMAGENS

Ilustração de William Shakespeare (1564-1616), tirado do "Dramatic Works by William Shakespeare", lançado em Moscou, Rússia, em 1880.

Soneto 18 de Shakespeare em pergaminho.

Estátua de Julieta em Verona, Itália.

Fachada do "Globe Theater", reconstrução do globo original de Shakespeare, aberto para performances em 1997.

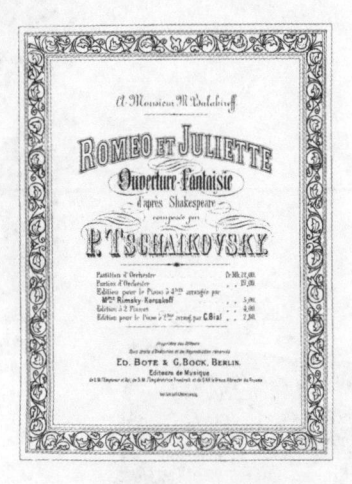

Cartaz do espetáculo "Romeu e Julieta, o blefe", formado originalmente por alunos da oficina de atores de Suzana Pequeno, a Cia. dos incríveis atores, 2011.

Folha de rosto de "Romeu e Julieta", por Peter Ilyich Tchaikovsky (1840-1893), publicado em São Petesburgo, Rússia.

Cartaz do filme Shakespeare Apaixonado, 1998, de John Madden, vencedor de 7 Oscars, inclusive melhor filme.

A famosa sacada de Julieta em Verona, Itália.

Os atores ingleses Olivia Hussey e Leonard Whiting em cena do filme *Romeu e Julieta*, de 1968, com direção de Franco Zeffirelli.

Capa do DVD do filme *Romeu e Julieta*, com Olivia Hussey e Leonard Whiting, 1968, direção de Franco Zeffirelli.

Capa de *First Foilio*, volume que recolhe 36 obras de Shakespeare, sendo 18 inéditas, publicado em 1623.

Placa com verso de *Romeu e Julieta* em Verona, Itália.

Programa de *Romeu e Julieta*, de 1938, primeira produção do Teatro do Estudante do Brasil.

Capa do livro *Tem tales from Shakespeare*, dos irmãos Charles e Mary Lamb (edição de 2003). Obra voltada para o público infantil, que reescreve em forma de contos várias peças de Shakespeare.

Capa do livro *Romeu e Julieta*, da série "Shakespeare em quadrinhos", com roteiro de Marcela Godoy e ilustrações de Roberta Pares, 2011.

Os atores Heleno Prestes e Regina Duarte, que interpretaram a peça *Romeu e Julieta*, dirigida por Jô Soares, 1969.

Capa da revista em quadrinhos *Mônica e Cebolinha no mundo de Romeu e Julieta*, 2013. Remontagem da primeira peça teatral estrelada pela Turma da Monica, em 1978. Homenagem de Mauricio de Sousa a Shakespeare.

Membros da Academia Dnepropetrovsk de Ópera e Balé em cena de *Romeu e Julieta*, 2011, na Ucrânia.

Capa de *O Otelo Brasileiro de Machado de Assis*, trabalho de Helen Caldwell, que estuda a presença de Shakespeare na obra de Machado de Assis, 2007.

Barbara Heliodora, crítica de teatro, em 1991, responsável pelo espetáculo *Um homem chamado Shakespeare*, de 1974.

© ZAHAR

Capa do livro *Hamlet ou Amleto? – Shakespeare para jovens curiosos e adultos preguiçosos*, de Rodrigo Lacerda, Zahar, 2015.

© TIPOGRAFIA KAIRU

Capa do livro *O trágico amor de Romeu Setembrino e Julieta Souza*, cordel de Eduardo Miranda.

© EDITORA NOVA ALEXANDRIA

Capa do livro *Romeu e Julieta em cordel*, da coleção "Clássicos em Cordel", de Sebastião Marinho, grande nome do repente nordestino, ilustrada por Murilo, 2011.

© LENISE PINHEIRO/FOLHAPRESS

Cena da peça *Hamlet*, com a Cia. do Teatro Popular do Sesi e direção de Francisco Medeiros, em São Paulo, 2002.

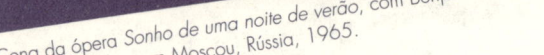

Cena da ópera *Sonho de uma noite de verão*, com Benjamin Britten, no Teatro Bolshoi, em Moscou, Rússia, 1965.

Capa do DVD do filme *Romeu e Julieta*, 2013, direção de Don Roy King, com Orlando Bloom e Condola Rashad.

Cena do filme *Romeu + Julieta*, com Leonardo di Caprio e Claire Danes, 1996.

© STRENGHTOFFRAME/SHUTTERSTOCK

Praça Dante Square, em Verona, Itália, onde foi colocado um grande coração vermelho. No Valentine's Day, a cidade é transformada na cidade do amor, devido à obra de Shakespeare.

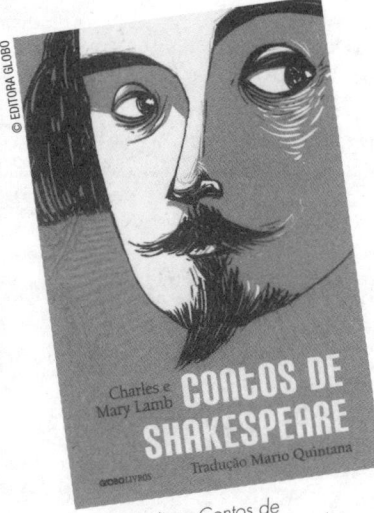

© EDITORA GLOBO

Capa do livro *Contos de Shakespeare*, dos irmãos Charles e Mary Lamb, traduzido por Mário Quintana, 1943.

© GREENWICH FILM PRODUCTIONS

Capa do DVD do filme *Ran*, 1985, de Akira Kurosawa, insirado em Rei Lear, de Shakespeare.

ROMEU E JULIETA, MINHA PAIXÃO

Walcyr Carrasco

Uma vez fui a Verona, na Itália, onde se passa a história de Romeu e Julieta. Havia uma casa, onde, supostamente, teria vivido a verdadeira Julieta, séculos atrás. Na sacada, uma moça de tranças, com roupas antigas, interpretava Julieta, como se ela estivesse lá, ainda viva. E chamava:

– Romeu, Romeu.

Nós, os turistas, olhávamos. Era como se fôssemos transportados pelo tempo. Pudéssemos ver a verdadeira Julieta em sua sacada, clamando pelo seu amor. Verdade é que a Julieta dos turistas era bem mais velha que a personagem e fazia um pouco de piada. Mesmo assim, eu me admirei.

Como o amor de Romeu e Julieta resistiu tanto ao tempo? Ao ponto de até hoje trazer turistas do mundo inteiro? Só para assistirem a uma interpretação e contemplarem a casa de Julieta?

Há histórias que superam seu tempo e são lembradas séculos depois de escritas. *Romeu e Julieta* é uma das mais importantes. Até hoje, quando pensamos em um grande amor, nos vem à cabeça Romeu e Julieta. Muitos filmes, peças de teatro, novelas e até mesmo romances foram escritos tendo por base a história principal. O amor proibido, a inimizade entre as famílias. Quantas vezes eu não vi a mesma trama repetida, com outras palavras, outros nomes, mas a mesma emoção? Isso não tira, de maneira alguma, o valor de todas elas; mesmo que tenham sido inspiradas em Shakespeare, com menor ou maior ousadia. Em todas as áreas, nós somos uma continuidade. A lâmpada já está inventada. Ninguém precisa reinventá-la desde os primeiros passos para criar uma outra. Da mesma maneira, um autor relê e relê os grandes escritores, poetas, autores teatrais. A influência ocorre de forma contínua. Isso faz com que eu me sinta bem. Ninguém está sozinho neste mundo. Somos todos parte de uma corrente. Cada autor é um elo. Por isso, a influência de *Romeu e Julieta* é contínua. Como se fosse uma vibração que percorresse essa corrente, inundando nossos pensamentos, emoções, sentimentos.

A peça original de Shakespeare é uma tragédia. Ao mesmo tempo, tem momentos de comédia, através do personagem da ama. Lê-la é também realizar uma viagem no tempo, conhecer hábitos e costumes antigos. Julieta e Romeu são adolescentes. Há uma versão do diretor italiano Franco Zefirelli que os mostra exatamente assim: como dois adolescentes apaixonados. Outra, de Carlo Carlei, mais atual, transportou os personagens para os dias de hoje. Ambos também como adolescentes. Eu gosto muito disso. Romeu e Julieta retratam a intensidade do primeiro amor. Na época, casava-se muito cedo. Hoje os casamentos ocorrem mais tarde, é preciso completar a formação escolar, escolher uma profissão. Muitas vezes o primeiro amor fica para trás, no passado, nos tempos de escola, não é?

A montagem da peça pode ser uma experiência maravilhosa. Como os cenários mudam muito, não é preciso nenhum. Pode-se montar *Romeu e Julieta* usando apenas objetos de cena, como flores, panelas, um frasco para o veneno! Uma vez assisti a uma lindíssima montagem em que, em vez de sacada, Julieta falava do alto de uma escada! O mais importante é não ter medo das emoções. A peça *Romeu e Julieta* desperta paixão, risos e, por fim, lágrimas.

Muitas vezes a gente tem medo de ler um clássico. Shakespeare é um dos maiores autores de todos os tempos. Quando escreveu, a linguagem era mais formal. Eu traduzi e adaptei, dando meu toque pessoal. Quis que os sentimentos fossem vivos, ultrapassassem os séculos.

Todos nós tivemos um primeiro amor. Ler a narrativa e a peça é também uma maneira de entender as próprias emoções. E lutar pelos sonhos e sentimentos. Romeu e Julieta me comovem até hoje, porque eu tenho o amor dentro de mim!

Romeu e Julieta

TEATRO

Personagens

- **Julieta**, filha de Capuleto
- **Ama** de Julieta
- **Capuleto**, chefe de uma das famílias rivais
- **Senhora Capuleto**, esposa de Capuleto
- **Petrúcio**, parente de Capuleto
- **Tebaldo**, sobrinho dos Capuleto
- **Sansão**, criado de Capuleto
- **Gregório**, criado de Capuleto
- **Pedro**, criado da ama de Julieta
- **Romeu**, filho de Montecchio
- **Baltasar**, criado de Romeu
- **Montecchio**, chefe de uma das famílias rivais
- **Senhora Montecchio**, esposa de Montecchio
- **Benvólio**, sobrinho de Montecchio e amigo de Romeu
- **Abrão**, criado de Montecchio
- **Escalo**, príncipe de Verona
- **Mercúcio**, primo do príncipe e amigo de Romeu
- **Páris**, jovem conde, primo do príncipe
- **Frei Lourenço**, franciscano
- **Frei João**, franciscano
- Um **Boticário**
- Três **Músicos**
- **Pajens** de Mercúcio e de Páris
- Outro **Pajem**
- O **Oficial**
- **Coro**

PRIMEIRO ATO

PRÓLOGO

Entra o coro.

CORO — Duas famílias, iguais em dignidade, viviam em Verona, na Itália, onde se passa nossa história. Eram inimigas uma da outra havia muito tempo. Do seio dessas duas famílias nasceram um menino e uma menina, que tiveram a infelicidade de se amar. O ódio dos pais levou o jovem casal à sepultura. Os dolorosos episódios desse amor condenado à morte e a persistência do ódio entre as famílias — a que só o triste destino dos jovens conseguiu pôr fim — serão contados aqui.

CENA I
PRAÇA PÚBLICA EM VERONA, ITÁLIA.

Entram Sansão e Gregório, armados de espadas e escudos.

SANSÃO — Na minha opinião, Gregório, não devemos levar desaforo para casa.

GREGÓRIO — Concordo. Do contrário, sentiremos vergonha.

SANSÃO — O que quero dizer é que, quando ficamos zangados, devemos sacar da espada.

GREGÓRIO — Sim. Mas, enquanto estivermos vivos, é bom manter nosso pescoço longe da forca.

SANSÃO — Quando me irritam, eu ataco na hora.

GREGÓRIO — Mas você não se irrita tão facilmente assim.

SANSÃO — Calma, calma, não é bem isso! Basta ver um cachorro da família Montecchio pra ficar furioso.

GREGÓRIO — Quem se irrita se movimenta. Quem é valente permanece no mesmo lugar. Quero ver! Você diz que se zanga, mas é do tipo que foge em disparada.

SANSÃO — É o que você pensa. Sou cauteloso, o que é muito diferente. Tento me manter longe dos homens e das mulheres da casa dos Montecchio, mas é porque minha fúria é tanta que eu explodiria como um vulcão!

GREGÓRIO — Com certeza sairia apenas uma fumacinha de suas orelhas! Mais fraco que se afasta.

SANSÃO — Está muito enganado a meu respeito. Mas não nego que quem se escondem são as mulheres. Já que pertencem ao sexo frágil, preferem ficar escondidas dentro de casa. Deixa comigo! Vou forçar os homens Montecchio a sair de casa e manter as mulheres dentro dela.

GREGÓRIO — A briga é entre nossos senhores. Somos apenas criados.

SANSÃO — Eu sou valente, me comporto como um rei, um tirano! Depois de lutar com os homens, serei cruel com as mulheres e cortarei a cabeça delas.

GREGÓRIO — A cabeça das mulheres?

SANSÃO — Isso mesmo, a cabeça das mulheres. Ou farei coisa pior, tomarei sua honra! Ah! Entenda como quiser!

GREGÓRIO — As mulheres é que vão interpretar seus atos, Sansão!

SANSÃO — Comigo elas ficarão encantadas, deixarão o lado inimigo e se ajoelharão a meus pés. Você sabe que sou um homem muito bonito, não é? Às vezes fico pensando, por que tantas qualidades reunidas em um homem só? Beleza, coragem e, acima de tudo, humildade?

GREGÓRIO — Você é muito convencido! Vamos lá, pegue sua espada! Aí vêm dois Montecchio.

SANSÃO — Já peguei. Você briga e eu lhe dou cobertura pelas costas.

GREGÓRIO — Como assim? Você vai virar as costas e fugir?

SANSÃO — Não tenha medo de mim.

GREGÓRIO — Imagine... Eu, com medo de você? Tenho medo é que fuja!

SANSÃO — Vamos ficar do lado da lei. Deixe que eles comecem a briga.

GREGÓRIO — Quando passar por eles vou fazer uma careta. Eles que entendam como quiserem.

SANSÃO — Não como quiserem, e sim como ousarem. Vão tremer de medo, isso sim! Vou morder o polegar[2] na frente dos dois. Será uma vergonha se eles não reagirem. Morder o polegar é uma grande ofensa, de onde eu venho!

[2] Na era elizabetana, morder o polegar era um gesto considerado ofensivo, infantil, imaturo.

Entram Abrão e Baltasar.

ABRÃO — É para nós que está mordendo o polegar?

SANSÃO — Estou apenas mordendo meu polegar.

ABRÃO — Repito: é para nós que o senhor morde o polegar?

SANSÃO [*À parte, para Gregório:*] — Se eu responder "sim", estarei de acordo com a lei?

GREGÓRIO [*À parte, para Sansão:*] — Não.

SANSÃO — Não estou mordendo o polegar para o senhor. Estou somente mordendo meu polegar.

GREGÓRIO — O senhor está querendo brigar?

ABRÃO — Eu, querendo brigar? Não, senhor.

SANSÃO — Caso queira brigar, é só dizer. Sirvo a um senhor tão bom quanto o seu.

ABRÃO — Pode ser igual, mas não é melhor!

SANSÃO — Bem, senhor...

GREGÓRIO [*À parte, para Sansão:*] — Responda "melhor"! Aí vem um parente de nosso amo.

SANSÃO — Sim, senhor: melhor.

ABRÃO — É mentira.

SANSÃO — Pegue a espada, se for homem! Gregório, lembre-se de seu golpe arrasador!

Os dois lutam. Entra Benvólio.

BENVÓLIO — Tolos! Parem com isso! Guardem as espadas. Vocês não sabem o que estão fazendo.

Os dois baixam as espadas. Entra Tebaldo.

TEBALDO — Como assim? Você saca a espada para esses simples servos? Venha cá, Benvólio! É hora de encarar a morte!

BENVÓLIO — Eu vou, mas guarde sua espada. Ou só a use para me ajudar a separar esses homens. Vamos manter a paz!

TEBALDO — Você fala em paz e empunha a espada? Odeio essa palavra, assim como odeio o inferno. Odeio todos os da família Montecchio e isso inclui você. Defenda-se, covarde!

Lutam. Entram defensores das duas famílias e se unem aos combatentes. Depois entram moradores da cidade, armados de paus e partasanas[3].

[3] Alabarda de Infantaria larga, arma antiga.

CIDADÃOS — Paus, tacos e partasanas! Ataquem! Batam neles! Abaixo os Capuleto! Abaixo os Montecchio!

Entra Capuleto, com seu manto, e sua esposa, a Senhora Capuleto.

CAPULETO — Que barulho é esse? Peguem minha espada comprida! Depressa!

SENHORA CAPULETO — São muletas, não espadas. Por que as chama de espadas?

CAPULETO — Cadê a minha espada? O velho Montecchio está vindo, empunhando sua lâmina para me provocar.

Entram Montecchio e a Senhora Montecchio.

MONTECCHIO — Capuleto, seu vilão... [*A Senhora Montecchio o detém.*] Não me segure! Deixe-me resolver tudo!

SENHORA MONTECCHIO — Você não vai dar um passo na direção do inimigo.

Entram o príncipe e seu séquito.

PRÍNCIPE — Súditos rebeldes, inimigos da paz, profanadores do sangue de seus vizinhos... Eles não ouviram? Vocês não são homens, são bestas-feras que apagam as chamas de seu ódio mortal na fonte púrpura que jorra de suas veias! Como príncipe de Verona, eu ordeno! Lancem por terra as armas que estão em suas mãos sanguinárias e ouçam a sentença de seu príncipe raivoso. Vocês, Capuleto e Montecchio, por três vezes iniciaram lutas sangrentas nesta cidade! Tiraram o sossego de nossas ruas. Fizeram os velhos cidadãos de Verona colocarem de lado a dignidade para empunhar velhas armas em velhas mãos. Se perturbarem de novo nossas ruas, pagarão com suas vidas. Peço agora que todos se retirem. Você, Capuleto, irá comigo, e você, Montecchio, venha à tarde ao Tribunal de Justiça para conhecer minha nova decisão sobre este caso. Mais uma vez, homens, eu ordeno! Sob pena de morte, vão embora!

Saem todos, menos Montecchio, a Senhora Montecchio e Benvólio.

MONTECCHIO [*Para Benvólio:*] — Quem recomeçou esta briga antiga? Meu sobrinho, você estava aqui quando pegaram em armas?

BENVÓLIO — Quando cheguei, seus servos e os de seu adversário já lutavam. Tentei separá-los, e nesse mesmo instante Tebaldo apareceu, de espada em punho. Me desafiou, ergueu a lâmina acima da cabeça, cortando os ventos, que, sem se incomodar com isso, assobiavam para ele com desprezo. Enquanto trocávamos empurrões e socos, foram chegando mais e mais pessoas, unindo--se às partes em luta. Até que o príncipe apareceu e separou os lutadores.

SENHORA MONTECCHIO — E onde está Romeu? Fico feliz por ele não estar envolvido nesta briga.

BENVÓLIO — Senhora, uma hora antes de o Sol espiar pela janela dourada do nascente, minha mente inquieta me levou para um passeio fora de casa. Embaixo das figueiras que crescem para o oeste da cidade, vi seu filho caminhando. Fui até ele, mas, quando percebeu minha presença, Romeu se escondeu no bosque. Não fui atrás dele. Se ele fugiu de mim, era porque não queria falar comigo.

MONTECCHIO — Ele tem sido visto nesse bosque com frequência, em muitas manhãs. Ali, me disseram que ele aumenta o orvalho com suas lágrimas e acrescenta mais nuvens às que já estão no céu com seus suspiros profundos. Mas assim que o Sol aparece no horizonte, disposto a tudo alegrar, meu filho volta pra casa, se tranca no quarto, de janelas e cortinas fechadas, sem que nenhum facho de luz entre no quarto. Não sei o que fazer!

BENVÓLIO — O senhor sabe por que ele está agindo assim?

MONTECCHIO — Não. E Romeu não me conta nada.

BENVÓLIO — Já fez todo tipo de pergunta, tentou descobrir o motivo desse comportamento estranho?

MONTECCHIO — Sim. Os amigos também perguntaram. Mas ele não diz nada. Romeu mantém segredo sobre o que sente. Meu filho é discreto, fechado, quase não fala dele mesmo. Se soubéssemos de onde vem a tristeza de meu filho, pode ter certeza de que encontraríamos a cura.

BENVÓLIO — Veja, aí vem ele. Nos deixe sozinhos. Vou tentar descobrir a causa de sua tristeza, mesmo que ele fique bravo comigo.

MONTECCHIO — Espero que tenha sucesso. Tomara que Romeu lhe conte por que anda triste assim. Vamos, minha senhora.

Sai o casal Montecchio. Entra Romeu.

BENVÓLIO [*Para Romeu, que se aproxima:*] — Bom-dia, primo.

ROMEU — O dia já nasceu?

BENVÓLIO — São exatamente nove horas.

ROMEU — Ai de mim! As horas tristes parecem tão longas... Não foi meu pai que saiu daqui agora mesmo?

BENVÓLIO — Sim, foi. Mas qual a sua dor? Por que suas horas passam tão lentamente?

ROMEU — Não ter aquilo que, se eu tivesse, tornaria as horas mais curtas.

BENVÓLIO — O amor?

ROMEU — Fora...

BENVÓLIO — Do amor?

ROMEU — Sim. Eu sonho com o olhar da moça por quem me apaixonei.

BENVÓLIO — Ah, o amor, tão gentil na aparência, é na verdade tirano e brutal! Entretanto, sempre se deve ter esperanças.

ROMEU — Mas o amor é cego. Como ela conseguirá descobrir seu caminho até mim? *[Pausa.]* Onde iremos comer? *[Observa os sinais da luta.]* Oh, não! Que batalha houve por aqui? Nem responda. Já adivinhei. Tem tudo a ver com o ódio. Mas eu só penso no amor. Sonho acordado, é um sentimento que nem sei como descrever. Eis o amor que eu sinto por quem não me ama. Eu amo a bela Rosalina, suspiro por ela. Mas ela fez um voto de castidade, jamais se casará com homem algum. Você não vai rir de mim?

BENVÓLIO — Não, primo. Prefiro chorar.

ROMEU — Por quê, meu amigo?

BENVÓLIO — Por causa da dor que você carrega em seu coração.

ROMEU — São assim os caminhos do amor. Minhas dores pesam em meu coração. O amor é fumaça nascida dos suspiros. Correspondido, é fogo que brilha nos olhos dos amantes. Negado, é um mar alimentado pelas lágrimas. Que mais será ele? Uma loucura discreta, uma poção amarga, uma doçura capaz de curar. Até mais, primo.

BENVÓLIO — Espere! Também irei. Você não pode me deixar desse jeito.

ROMEU — Desculpe, estou perdido. Não sou mais Romeu... O verdadeiro Romeu se encontra em algum outro lugar.

BENVÓLIO — Me diga com honestidade: quem é essa mulher que você ama?

ROMEU — Devo gemer e lhe contar?

BENVÓLIO — Gemer? Oh, não. Apenas dizer, sinceramente, quem ela é.

ROMEU — Você pede que um homem doente faça seu testamento. Que palavra mal escolhida para alguém que está tão enfermo! Primo, sinceramente: adoro uma garota.

BENVÓLIO — Então acertei no alvo ao supor que você está apaixonado.

ROMEU — Você é um ótimo atirador. Amo sim. Ela é linda.

BENVÓLIO — Foi fácil acertar. É evidente que está apaixonado, primo.

ROMEU — Eu estou, mas ela não. Nem me nota. Não será vencida por conversas doces nem por olhares cheios de amor. Mais que isso: está distante, não tenho a menor possibilidade de me aproximar dela.

BENVÓLIO — Como assim? Ela jurou nunca se apaixonar por ninguém?

ROMEU — Jurou. Ela é tão linda! Mas jurou não amar jamais...

BENVÓLIO — Siga o meu conselho: esqueça essa moça.

ROMEU — Então, primeiro preciso aprender como esquecê-la!

BENVÓLIO — Sabe de uma coisa? Olhe para outras mulheres. Deixe seus olhos encontrarem outras moças tão bonitas quanto ela.

ROMEU — Nunca vou encontrar uma mulher tão linda quanto ela! Mostre-me uma mulher muito bonita e eu direi a você que essa beleza serve apenas para me lembrar da beleza daquela que eu amo! Sinto muito, primo, é impossível você me convencer a esquecer essa mulher.

BENVÓLIO — Posso fracassar, mas continuarei tentando!

Saem.

CENA II
RUA DE VERONA.

Entram Capuleto, Páris e um criado.

CAPULETO — Montecchio e eu recebemos a mesma pena. E não é difícil que homens tão velhos como nós não consigam viver em paz.

PÁRIS — Vocês dois são homens honrados. Pena que vivam em conflito há tanto tempo. Mas agora, milorde, diga-me: que pensa de meu pedido?

CAPULETO — Repito o que já disse. Minha filha ainda é muito nova. Deixemos passar mais dois verões, para que ela tenha idade para noivar.

PÁRIS — Mas conheço moças mais jovens que são mães! E muito felizes.

CAPULETO — As que começam cedo também se prejudicam cedo. A sepultura levou os meus outros filhos, menos ela, herdeira do meu mundo. Mas corteje-a, meu gentil Páris, conquiste seu coração. Minha vontade não é tão importante como a de minha filha. Se ela concordar, dou meu consentimento. Olha, esta noite darei uma festa para meus amigos. E você será muito bem-vindo. Tenho certeza de que lindas mulheres estarão presentes. Observe todas, dê atenção a todas. Mostre seu interesse por aquela que mais o atrair. Entre elas, analise também minha filha, que será mais uma na multidão. Vamos, venha comigo. *[Vira-se para o criado e lhe entrega um pedaço de papel.]* Tome, garoto. Percorra a bela Verona e encontre as pessoas cujos nomes estão nessa lista. Diga-lhes que hoje haverá festa em minha casa.

Saem Capuleto e Páris.

CRIADO — Encontrar as pessoas desta lista! Como? Para procurar os donos dos nomes escritos aqui, vou ter de encontrar alguém que saiba ler!

Entram Benvólio e Romeu.

BENVÓLIO — Ah, meu amigo, um fogo transforma outro em cinzas. Uma dor nova alivia outra, mais antiga. A tontura melhora quando se vira a cabeça. Uma nova desilusão alivia a antiga. Deixe seu coração encontrar outro amor.

ROMEU — Uma folha de bananeira é muito boa para isso.

BENVÓLIO — Para "isso" o quê?

ROMEU — Para colar perna quebrada.

BENVÓLIO — Ei, Romeu, você ficou maluco?

ROMEU — Maluco, não. Mas ando tão confinado quanto um louco furioso. Trancafiado numa prisão, sem comida, surrado, atormentado pelos meus sentimentos e você me vem com esses conselhos? [*Virando-se para o criado, que se aproxima:*] Boa-tarde, garoto.

CRIADO — Por favor... o senhor sabe ler?

ROMEU — Sim, sei ler, por quê?

CRIADO — Mas, por favor, o senhor sabe ler tudo?

ROMEU — Sim, posso, se entender a letra e a língua.

CRIADO — O senhor fala com sinceridade, mas não me deu muita certeza. Adeus e passe bem. [*O criado faz menção de sair.*]

ROMEU — Espere um pouco, rapaz. Eu sei ler. [*Pega o papel que o criado lhe entrega e lê:*] "O senhor Martino, sua esposa e filhas; o conde Anselmo e suas encantadoras irmãs; a viúva de Vitrúvio; o senhor Placêncio e suas amáveis sobrinhas; Mercúcio e seu irmão Valentino; meu tio Capuleto, sua esposa e filhas; minha linda sobrinha Rosalina; Lívia; o senhor Valêncio e seu primo Tebaldo; Lúcio e a encantadora Helena." Um grupo agradável. Aonde eles devem ir?

CRIADO — Lá em cima.

ROMEU — Lá onde?

CRIADO — Em nossa casa, para o jantar.

ROMEU — Na casa de quem?

CRIADO — De meu amo.

ROMEU — Ora, essa deveria ter sido minha primeira pergunta!

CRIADO — Não se incomode. Vou responder sem que o senhor tenha perguntado: meu amo é o riquíssimo senhor Capuleto. E, se você não for da família Montecchio, por favor, venha ao jantar e saboreie uma taça de vinho. Bom descanso! *[O criado sai.]*

BENVÓLIO — Já sei que você ama a bela Rosalina. Ela sem dúvida estará nesse tradicional banquete dos Capuleto. Ela e outras beldades de Verona. Não perca esse jantar, meu caro. E trate de comparar, com olhos honestos, o rosto dela com o de algumas moças que eu mostrar. Aí você verá seu cisne transformado em corvo.

ROMEU — Jamais aceitarei essa possibilidade. Moças mais formosas que minha amada? O Sol, que tudo vê, nunca observou alguém mais bonita do que ela.

BENVÓLIO — O problema é que você vê somente a beleza dela, de ninguém mais. Seus olhos são como duas balanças, e em ambas está em apenas uma pessoa. Procure colocá-la num dos pratos dessa balança e no outro ponha uma das moças encantadoras que vou mostrar esta noite, no jantar. Aí sim, aquela que agora você bota num pedestal perderá o trono.

ROMEU — Irei ao jantar. Mas não para ver as moças que você quer me mostrar, e sim para admirar a mulher que amo.

Saem.

CENA III
QUARTO NA CASA DE CAPULETO.

Entram a senhora Capuleto e a ama.

SENHORA CAPULETO — Ama, onde está minha filha Julieta? Vá chamá-la, por favor.

AMA — Juro que já chamei mil vezes! Que Deus me perdoe, mas onde está essa menina? Ah, Julieta!

Entra Julieta.

JULIETA — Que aconteceu? Quem me chama?

AMA — Sua mãe.

JULIETA — Aqui estou, minha mãe. O que a senhora deseja?

SENHORA CAPULETO — Bem, eu... *[Olha para a Ama.]* Por favor, deixe-nos a sós por algum tempo. Precisamos conversar em particular. Não, Ama, volte! Lembrei que você precisa ouvir nossa conversa. Afinal, conhece minha filha há muito tempo.

AMA — Verdade. Cada minuto de sua vida, na verdade.

SENHORA CAPULETO — Ainda não fez 14 anos.

AMA — Aposto 14 dentes... embora, para meu desgosto, eu só tenha quatro... como ela não tem 14 anos. Quanto falta para primeiro de agosto?

SENHORA CAPULETO — Pouco mais de quinze dias.

AMA — Pouco ou muito, tanto faz. O certo é que no dia primeiro de agosto, à noite, Julieta terá 14 anos. Ela e Susana... que Deus dê descanso às almas cristãs!... eram da mesma idade. Bem, Susana está com Deus, e foi tão boa para mim... Mas, como eu disse, na noite de primeiro de agosto Julieta completará 14 anos. Isso mesmo: 14 anos. Eu me lembro bem. O terremoto aconteceu há onze anos, e nessa época meu leite azedou e ela parou de mamar... Nunca vou me esquecer disso! Meu amo e a senhora estavam em

Mântua... Ah, que memória eu tenho! Mas, como eu dizia, quando Julieta sentiu aquele gosto amargo, parou de mamar na hora. Naquele momento, o pombal tremeu. Não foi preciso mais nada para eu me jogar ao chão. E já se passaram onze anos. Naquela época ela já ficava em pé sozinha. Juro pela Santa Cruz, podia correr e tropeçar por todo lado. Um dia antes tinha machucado a testa. E então meu marido... que Deus esteja com sua alma... Era um homem alegre... a ergueu. "Sim", disse ele, "agora você cai de frente? Pois quando for mais inteligente, vai cair de costas. Não é, Juli?" E, pela Virgem Maria, minha linda pequenina parou de chorar e respondeu: "É". Imagine, até parece que entendeu a piada! Posso viver mil anos e nunca vou me esquecer disso, juro. "Não é, Juli?", meu marido perguntou, e a baixinha querida parou de chorar para responder: "É".

SENHORA CAPULETO — Agora chega. Por favor, pare de falar.

AMA — Como quiser, senhora. Mas não posso deixar de rir ao lembrar como ela interrompeu o choro para dizer "É". Mesmo tendo na testa um calombo tão grande como um ovo. Uma pancada e tanto! E ela chorava amargamente.

JULIETA — Pare, ama, chega.

AMA — Sossegue, eu já acabei. Que Deus a abençoe. Você foi a criança mais encantadora que criei. Tudo que quero é viver para vê-la casada.

SENHORA CAPULETO — Foi para falar em casamento que vim. Julieta, o que você acha de se preparar para casar?

JULIETA — É uma honra com a qual nunca sonhei.

AMA — Uma honra! Se eu não tivesse sido somente uma ama, diria que você mamou sabedoria!

SENHORA CAPULETO — Bem, é hora de pensar em casamento. Moças de respeito de Verona, mais novas do que você, já são mães. Pelas minhas contas, eu me tornei mãe com a mesma idade que você. Páris disse a seu pai que pensa em casar com você.

AMA — Que homem, minha mocinha! Um homem desses, querida... no mundo inteiro... é um homem e tanto, feito sob encomenda.

SENHORA CAPULETO — Em Verona não há moça mais bonita que você!

AMA — Tem toda razão, senhora. Nunca vi beleza tão delicada!

SENHORA CAPULETO — E então, filha? Que me diz? Você seria capaz de amar esse belo homem? Hoje à noite ele virá a nossa festa. Leia seu rosto como se fosse um livro e nele você encontrará encantos escritos com a pena da beleza. Examine seus traços harmoniosos. Observe seus olhos, são o reflexo de sua beleza interior. Pense bem. Ao casar-se com ele, você compartilhará sua riqueza e seu status, somado ao nosso, que já é grande.

AMA — Queria eu estar no seu lugar! As mulheres crescem com os homens.

SENHORA CAPULETO — E então, filha, você pode aceitar o amor de Páris?

JULIETA — Irei à festa com o coração aberto. Se é o seu desejo, minha mãe, estou disposta a gostar dele.

Entra um criado.

CRIADO — Os hóspedes chegaram e o jantar foi servido. Perguntam pela senhora. Solicitam a presença da jovem senhorita. Na copa, maldizem a ama. Está uma confusão geral. Tenho de voltar para servir as mesas. Eu lhe peço, venha o mais rápido que puder.

SENHORA CAPULETO — Iremos logo! *[O criado sai.]* Julieta, o conde a espera.

AMA — Vá, minha menina. Noites felizes trazem dias felizes.

Saem.

CENA IV
RUA DE VERONA, NAQUELA MESMA NOITE.

Entram Romeu, Benvólio, Mercúcio, cinco ou seis mascarados carregando tochas e outras pessoas.

ROMEU — Devemos pedir desculpas ao entrar na festa? Ou não dizemos nada?

BENVÓLIO — Desculpa por quê? Isso está fora de moda, Romeu. Vamos entrar normalmente, como qualquer convidado. E, quer saber, ninguém vai anunciar nossa chegada com aqueles discursos prontos, decorados. Vamos nos divertir um pouco, dançar e depois iremos embora.

ROMEU — Deixe que eu levo uma das tochas. Não tenho a menor vontade de dançar. Meu coração está apertado. Vou carregar a tocha e nada mais.

MERCÚCIO — Nada disso, meu caro. Você vai dançar.

ROMEU — Não, acredite. Você tem sapatos de sola leve, próprios para a dança. Já eu tenho uma alma de chumbo, que me prende à Terra e não permite que eu me mova.

MERCÚCIO — Você está apaixonado, Romeu. Use as asas do amor para voar acima de todos.

ROMEU — Nada vai diminuir a minha dor de amar sem ser amado.

MERCÚCIO — O amor é terno demais para causar opressão.

ROMEU — Você acha que o amor é terno? Não é, não. É duro, rude, violento. E fere como espinho.

MERCÚCIO — Se o amor for rude com você, seja rude com ele. Revide os golpes que ele lhe der. Derrube-o. Agora me dê uma máscara para que eu cubra o rosto. Uma máscara feia. Não me importa que olhares curiosos observem minha feiura. Minha cara amarrada irá corar por mim.

BENVÓLIO — Venham, vamos bater e entrar. E, assim que estivermos lá dentro, que cada um de nós use bem as próprias pernas para dançar e se divertir.

ROMEU — Quero carregar uma tocha, já disse. Não estou com vontade de dançar. Vou seguir o ditado: "Seguro a vela e fico só olhando. A festa nunca esteve tão animada, mas eu estou farto".

MERCÚCIO — Ora, "toda música faz dançar", diz outro ditado. Se você se sentir no fundo do poço, nós o arrancaremos da mira desse amor que — perdão — fez você afundar até as orelhas. Venha!

ROMEU — Não sei se tomamos a decisão mais acertada de vir a este baile de máscaras.

MERCÚCIO — E qual seria a melhor decisão?

ROMEU — Esta noite eu tive um sonho.

MERCÚCIO — E daí? Eu também tive.

ROMEU — Que foi que você sonhou?

MERCÚCIO — Os que sonham sempre mentem sobre o que sonharam.

ROMEU — Na cama, enquanto dormimos, os sonhos são verdadeiros.

MERCÚCIO — Está bem, então. Sonhei que a rainha Mab[4] estava com você.

BENVÓLIO — Rainha Mab? Quem é ela?

MERCÚCIO — É a parteira das fadas, e apareceu pequena, não maior do que uma pedra preciosa no dedo indicador de um oficial. Veio puxada por um grupo de criaturas pequeninas, que pousam obliquamente no nariz daqueles que dormem. Os raios das rodas da carruagem são feitos de longas pernas de aranhas, e para a capota são usadas asas de gafanhotos. As correias são teias muito finas. Ela usa um colar feito com raios úmidos de luar.

[4] No folclore inglês, Mab é a Rainha das Fadas, enquanto nas tradições populares galesas rege as fadas Ellyllon. Às vezes a descrevem como parteira das fadas, e "mab" quer dizer "bebê" em galês. Seu título de rainha ("queen") pode ter originalmente outro significado, pois "quean" quer dizer musa. Porém, não são bebês, mas sim sonhos que a atraíam para este mundo. Shakespeare se referiu a ela como a fada que proporcionava aos homens seus desejos mais íntimos sob a forma de sonhos.

O cabo do chicote é um grilo seco. A tira, uma gaze delicada. O cocheiro, um mosquitinho de casaco cinza, menor do que o pequeno inseto que pica os dedos preguiçosos das criadas. A carruagem é uma casca de avelã vazia, feita pelo esquilo carpinteiro ou pelo verme experiente, que desde muito tempo fabrica as carruagens das fadas. É assim que a rainha galopa, noite após noite, pelo cérebro dos amantes, que, então, sonham com o amor. Pelos joelhos dos cortesãos, que sonham estar fazendo reverências. Pelos dedos dos advogados, que sonham com seus honorários. Pelos lábios das jovens, que sonham com beijos — lábios que Mab, irritada, frequentemente enche de feridinhas ao sentir por entre eles o hálito cheirando a doces. Às vezes, Mab galopa sobre o nariz de algum cortesão, que então fareja um trabalho bem pago. Outras vezes ela carrega o rabinho enrolado de um leitão e faz cócegas no nariz do vigário adormecido. Ele também costuma galopar pelo pescoço de algum soldado, que sonha com inimigos de cabeças cortadas, com emboscadas, entradas no campo do inimigo e copos cheios de bebida. Então, de repente, ecoa em seus ouvidos o som de tambores. Ele dá um salto, desperta e, aterrorizado, reza uma ou duas vezes antes de dormir de novo. É a mesma rainha

Mab que enrola a crina dos cavalos à noite e emaranha o cabelo das bruxas velhas... Todos dizem que traz má sorte. Essa é a fada que, ao ver as moças de costas, pressiona seus ventres e as ensina a dar à luz. Também é ela...

ROMEU — Calma, Mercúcio, calma! Você está dizendo muita coisa ao mesmo tempo. E coisas vazias!

MERCÚCIO — Eu falo de sonhos, filhos de um cérebro vagabundo, nascidos de fantasias tolas, tão vazios de substância como o ar, e mais inconstantes do que o vento, que corteja o gélido seio do norte e, rejeitado, sai de lá bufando e vira-se para as chuvas do sul.

BENVÓLIO — O vento a que você se refere nos leva para longe de nós mesmos. O jantar já deve ter sido servido. Estamos muito atrasados.

ROMEU — Muito adiantados, receio. Pressinto algo que vem das estrelas. Que esta noite vai começar amargamente. Pressinto uma morte cruel e precoce. Mas Ele, que governa minha travessia, vai dirigir minha vida em um bom rumo. Vamos lá, companheiros!

BENVÓLIO — Toquem os tambores!

Saem.

CENA V
SALÃO NA CASA DOS CAPULETO.

Entram músicos, convidados e criados carregando guardanapos.

PRIMEIRO CRIADO — Onde está o Caçarola, que não vem nos ajudar a tirar a mesa? Ele trocou a tábua de corte? Ele raspou a tábua?!

SEGUNDO CRIADO — É irritante quando apenas um ou dois criados têm bons hábitos!

PRIMEIRO CRIADO — Tire essas cadeiras, arraste o aparador, tome cuidado com a baixela. Separe para mim um pedaço de marzipã. E, se for mesmo meu amigo, peça ao porteiro que deixe entrar Nell e Susana Grindstone. Antônio! Caçarola!

TERCEIRO CRIADO *[Entrando com outro criado.]* — Aqui! Estamos prontos.

PRIMEIRO CRIADO — Vocês estão sendo chamados no salão.

TERCEIRO CRIADO — Não podemos estar aqui e lá ao mesmo tempo! Animem-se, rapazes. Sejam felizes enquanto podem. Aquele que viver mais leva tudo!

Saem. Entram Julieta, o casal Capuleto e outras pessoas da família, que encontram os hóspedes e os mascarados.

CAPULETO — Bem-vindos, cavalheiros! As moças que não tiverem calo no dedão dançarão com vocês. Olá, mocinhas! Quem, entre vocês, vai se negar a dançar? Aquela que recusar, juro, é porque tem calos. Acertei? Bem-vindos, senhores! Já houve dias em que eu colocava minha máscara e sussurrava mentiras nos ouvidos de moças bonitas. Sei que elas ficavam contentes. Mas esse tempo já passou. Tudo passa. Sejam bem-vindos, senhores. Venham, músicos, toquem! *[Músicos começam a tocar.]* Com licença! Me deixem passar. Meninas, dancem! *[Elas começam a dançar.]* Mais luz, seus tolos! Arrastem as mesas e apaguem o fogo da lareira, pois aqui dentro está muito quente. *[Entram Romeu, Mercúcio e Benvólio, usando máscaras.]* Ah! esses mascarados inesperados são sempre bem-vindos. Sentem-se, por favor! *[Vira-se para o primo:]* Caro primo Capuleto, não estamos mais na idade de dançar. Há quanto tempo não usamos mais as máscaras?

SEGUNDO CAPULETO — Nem me lembro mais. Trinta anos, talvez?

CAPULETO — Ah, não, primo, não faz tanto tempo assim. Trinta anos é muito. A última vez foi no casamento de Lucêncio, um domingo de Pentecostes. Mais ou menos vinte e cinco anos.

SEGUNDO CAPULETO — Muito mais, primo, muito mais! O filho de Lucêncio já tem trinta anos.

CAPULETO — Imagine! Esse filho não era mais que uma criança dois anos atrás!

ROMEU *[Para um criado:]* — Que dama é aquela, que está de mãos dadas com aquele cavalheiro?

CRIADO — Não sei, senhor.

ROMEU — Oh! Ela ensina as tochas a iluminar a noite! Parece pender do rosto da noite como uma rica joia pende da orelha de uma dama. Bela demais para o dia a dia, muito preciosa para este mundo. Anda no meio das moças como uma ave branca andaria por entre corvos. Quando terminar a dança, vou procurá-la. Tenho certeza de que a minha mão rude será abençoada quando eu tocar nela. Acho que meu coração nunca conheceu o amor antes deste momento. Digam que não, meus olhos, porque até esta noite eu não sabia o que é a verdadeira beleza.

TEBALDO — Pela voz, deve ser um Montecchio. *[Vira-se para o pajem:]* Vá buscar minha espada. Como esse canalha ousa vir aqui com essa máscara grotesca, para rir e desdenhar de nossa festa? Por meus antepassados e pela honra de minha família, matá-lo não será pecado.

CAPULETO — Que há, sobrinho? O que está perturbando você?

TEBALDO — Tio, aquele é um Montecchio, nosso inimigo. Um vilão que veio até aqui por despeito, para zombar de nossa festa.

CAPULETO — É o jovem Romeu, não é?

TEBALDO — Isso mesmo: o canalha do Romeu.

CAPULETO — Contenha-se, sobrinho, e deixe-o em paz. Ele tem se comportado como um cavalheiro. Para ser sincero, Verona tem orgulho dele, um jovem virtuoso e muito educado. Nem toda a riqueza da cidade me convenceria de que ele deve ser ofendido em minha casa. Seja paciente e ignore o rapaz. É o meu desejo. Agora, desmanche a cara feia e alegre-se. Essa expressão de raiva não combina com nossa festa.

TEBALDO — Combina sim, quando um cafajeste como esse se mete nela. Não o suporto.

CAPULETO — Pois terá de suportá-lo. Quem manda aqui sou eu ou é você? Deixe o rapaz sossegado. Deus salve minha alma! Quer provocar um escândalo entre meus convidados? Quer aparecer? Dar uma de machão?

TEBALDO — Ora, tio, isso é uma vergonha!

CAPULETO — Saia já daqui. Que petulante! Essa brincadeira ainda pode lhe criar problemas. Sei muito bem que você quer me contrariar. *[Para os convidados que dançam:]* Isso mesmo, divirtam-se! [*Para Tebaldo:*] Você é um menino convencido. Agora vá. E acalme-se, ou... [*Para os criados:*] Mais luz! Mais luz! [*Para Tebaldo:*] Que vergonha! Vou fazer você ficar quieto já, já. [*Para os convidados que dançam:*] Maravilhoso, meus queridos! Alegria! Alegria!

TEBALDO [*Falando de lado:*] — Essa paciência que o senhor me pede é uma violência. Sinto meu corpo tremer de raiva. Por isso mesmo vou sair. Mas essa intrusão de Romeu, que hoje parece tão doce, vai se transformar em algo bem amargo.

Sai.

ROMEU [*Tomando a mão de Julieta:*] — Se profano com minha mão indigna esse santo relicário, o delicado castigo será este: meus lábios estão prontos para suavizar meu toque rude com um beijo terno.

JULIETA — Bom peregrino, você comete uma enorme injustiça com sua mão, que mostrou uma devoção delicada. As estátuas de santos têm mãos que os devotos tocam com os lábios, num beijo sagrado.

ROMEU — Os santos não têm lábios?

JULIETA — Sim, peregrino. Lábios que eles só devem usar para orações.

ROMEU — Então, prezada santa, deixe que os lábios façam o mesmo que fazem as mãos. Ambos rezam. Conceda-me um beijo, ou a fé vai se transformar em desespero.

JULIETA — Santos não se mexem, mas atendem às orações dos devotos.

ROMEU — Então não se mexa enquanto minhas orações fazem efeito. *[Beija Julieta.]* Limpo meus pecados em seus lábios.

JULIETA — Seus pecados, então, passaram para os meus lábios.

ROMEU — Meus pecados em seus lábios? Você me disse tão suavemente que pequei... Quero-os de volta. *[Beija-a de novo.]*

JULIETA — Seus beijos são decentes.

AMA — Sua mãe quer lhe falar, senhorita.

ROMEU — Quem é a mãe dela?

AMA — Ora, cavalheiro, a dona desta casa, uma senhora digna, virtuosa e sábia. Eu fui a ama de leite da jovem com a qual o senhor conversou. E afirmo: aquele que vier a conquistá-la deve ter muito dinheiro. *[Afasta-se de Romeu.]*

ROMEU *[Falando de lado:]* — Ela é uma Capuleto? Ah, que conta cara! Minha vida está em débito com o inimigo.

BENVÓLIO [*Aproximando-se de Romeu:*] — Vamos embora. A festa acabou.

ROMEU — Era o que eu temia... Mais um problema em minha vida.

Todos começam a sair, menos Julieta e a Ama.

CAPULETO — Não, cavalheiros, não vão embora ainda. Logo mais vamos servir uma pequena ceia. Ah, mas vocês vão mesmo... Bem, então, obrigado a todos. Agradeço aos honestos cavalheiros. Boa-noite. [*Para os criados:*] Tragam mais tochas! [*Para a esposa:*] Venha, vamos para a cama. Está mesmo ficando tarde. Vou me deitar.

Saem todos, com exceção de Julieta e a Ama.

JULIETA — Ama, venha cá. Quem é aquele cavalheiro?

AMA — Filho e herdeiro do velho Tibério.

JULIETA — E aquele que agora passa pela porta?

AMA — Não sei... Se não me engano, é o filho de Petrúcio.

JULIETA — E aquele que vai ali, que não dançou?

AMA — Não faço a menor ideia.

JULIETA — Então vá e pergunte-lhe o nome. *[Ama vai.]* Se for casado, um túmulo será meu leito nupcial.

AMA *[Voltando.]* — Ele se chama Romeu e é um Montecchio, filho único do grande inimigo dos Capuleto.

JULIETA — Não pode ser! Como é possível eu me apaixonar pelo inimigo? Está certo que eu não sabia quem era ele. E, quando descobri, já estava apaixonada. Para mim, o amor nasceu maravilhoso e sinistro. Eu tinha de me apaixonar pelo inimigo?

AMA — Como assim? O que você está dizendo?

JULIETA — Uma rima que aprendi há pouco com um dos cavalheiros com quem dancei.

A voz da senhora Capuleto chama Julieta.

AMA — Já vamos! *[Para Julieta:]* Venha. Todos os convidados já se foram.

Saem.

SEGUNDO ATO

PRÓLOGO

Entra o coro.

CORO — O velho amor está morrendo e o novo amor quer tomar seu lugar. Romeu era apaixonado por Rosalina, sem nunca ter sido correspondido. Nunca pensou que pudesse amar de novo. E ser amado! O olhar sedutor de Julieta parecia lhe oferecer o paraíso. Que desgraça se abateu de novo sobre ele! Amar a filha de uma família inimiga. Considerado inimigo, ele não poderá sussurrar-lhe juras de amor, como os apaixonados costumam fazer. E ela, também muito apaixonada, tem ainda menos chance de encontrar seu amado em algum lugar. Mas o amor lhes dará forças, e o tempo, oportunidades para que se encontrem, aliviando a dor que o verdadeiro amor ausente traz.

CENA I
UM BECO JUNTO DO MURO DO JARDIM DA FAMÍLIA CAPULETO.

Entra Romeu.

ROMEU — Como sair deste lugar, se meu coração está aqui? Resista, corpo cansado, e siga seu coração!

Romeu escala o muro e salta para o jardim dos Capuleto. Entram Benvólio e Mercúcio.

BENVÓLIO — Romeu, meu primo! Ei, Romeu!

MERCÚCIO — Que esperto! Soube encontrar o caminho para a cama.

BENVÓLIO — Ele correu até aqui e pulou o muro que dá para o jardim. Chame Romeu, Mercúcio.

MERCÚCIO — Romeu! Caprichoso! Maluco! Apaixonado! Apareça! Eu te suplico, para que apareça em carne e osso diante de nós!

BENVÓLIO — Se ele ouviu o que você disse, deve estar magoado.

MERCÚCIO — Ah, isso não o magoa. Falei assim para provocá-lo, para que apareça.

BENVÓLIO — Venha. Ele se escondeu entre essas árvores para aproveitar a noite. Seu amor é cego e portanto se dá bem na escuridão.

MERCÚCIO — Se o amor é cego, nunca pode acertar um alvo. Ele vai se sentar debaixo de uma árvore e desejar que a amada seja a fruta que cai do galho. Romeu, boa-noite! Vou para minha cama. Este gramado é muito úmido para servir de leito. *[Para Benvólio:]* Podemos ir embora?

BENVÓLIO — Sim, vamos. É inútil procurar quem não quer ser encontrado.

Saem.

CENA II
JARDIM DOS CAPULETO.

Entra Romeu.

ROMEU — Ficam rindo de mim porque nunca foram feridos pelo amor. *[Julieta aparece na janela.]* Mas... que luz é aquela que brilha na janela? Vejo o nascente, e Julieta é o Sol. Apareça, maravilhoso Sol, e mate a invejosa Lua, doente e pálida de desgosto por ter visto que você é mais formosa do que ela. Não seja serva da Lua, que é invejosa. Eis minha dama. Oh, minha amada, se você apenas soubesse onde estou! Ela fala, embora eu não possa ouvir nada do que diz. Mas que importa? Seu olhar conversa comigo. Devo responder? Ah, sou muito presunçoso. Não é a mim que ela se dirige. Duas das mais belas estrelas do céu, com trabalho a fazer fora dali, pediram aos olhos dela que brilhassem em seu lugar até que retornassem. Que aconteceria se ambos ficassem lá no alto, e para o lugar deles viessem as duas estrelas? A luz das faces de minha amada envergonharia as estrelas, como a luz do dia envergonha a luz das velas. E seus olhos irradiariam tanta luz no céu que os pássaros, pensando que já fosse dia, cantariam. Veja como ela apoia o rosto à mão. Ah, eu gostaria de ser a luva dessa mão, para poder tocar seu rosto!

JULIETA — Ai de mim!

ROMEU — Ela fala! Fala de novo, anjo de luz!

JULIETA — Romeu! Oh, Romeu! Por que você tinha de ser Romeu? Renegue seu pai e deixe de usar seu sobrenome! Ou, se não quiser fazer isso, jure a mim o seu amor e eu não serei mais uma Capuleto.

ROMEU [*À parte:*] — Devo continuar a ouvir em silêncio? Ou respondo?

JULIETA — Somente seu sobrenome é meu inimigo. Você continuaria sendo o que é mesmo se não tivesse o sobrenome dos Montecchio. Que é Montecchio? Não se trata de mão, nem pé, nem braço, nem rosto, nem parte alguma que pertença a um homem. Ah, encontre outro sobrenome. Que há num simples sobrenome? A flor que chamamos "rosa" conteria o mesmo perfume suave caso tivesse outro nome? Igualmente, se Romeu não se chamasse "Romeu", manteria a perfeição que possui. Romeu, abandone seu sobrenome e, em troca dele, receba todo o meu ser.

ROMEU — Aceito sua palavra. Chame-me apenas "amor", e serei rebatizado. De agora em diante não sou mais Romeu.

JULIETA — Que homem é esse que, encoberto pela noite, vem ouvir os meus segredos?

ROMEU — Pelo sobrenome, não sei dizer quem sou. Já considero meu sobrenome odioso, por ser seu inimigo. Se o visse escrito, eu o rasgaria.

JULIETA — Meus ouvidos ainda não ouviram nem cem palavras de sua boca, mas já reconheço o som. Você não é Romeu, um Montecchio?

ROMEU — Não, jovem formosa. Nem Romeu, nem Montecchio, se isso lhe dá desgosto.

JULIETA — Conte-me como entrou aqui e por que veio. O muro do jardim é muito alto, difícil de escalar. E, considerando quem você é, teria sido morto caso fosse visto por alguém de minha família.

ROMEU — Voei sobre o muro com as asas do amor. Nenhuma barreira consegue deter esse sentimento nem a coragem que ele me proporciona. Ninguém seria capaz de impedir minha vinda.

JULIETA — Se for visto, vão matá-lo!

ROMEU — Há mais perigo em seu olhar do que em vinte espadas de seus parentes. Olhe para mim com ternura e seu olhar será a armadura de que necessito para me proteger do inimigo.

JULIETA — Por nada deste mundo quero que o vejam aqui.

ROMEU — O manto da noite me esconde. E, se você não me ama, deixe que me encontrem! Será melhor que o ódio deles ponha fim à minha vida do que viver sem o seu amor.

JULIETA — Quem lhe ensinou como chegar aqui?

ROMEU — O amor, que me instigou a procurá-la. Não sou navegador, mas se você estivesse tão longe quanto a praia mais extensa banhada pelo mar mais distante, eu me aventuraria a atravessar o mar, para ter esse tesouro tão precioso.

JULIETA — Se não fosse o escuro da noite, você veria minhas faces corarem. Bem, dei adeus às convenções! Você me ama? Sei que a resposta será "sim" e acredito em sua palavra. Mas quero ouvir de sua boca. Ah, gentil Romeu, se me ama, diga isso sinceramente. Caso pense que me conquistou com facilidade, vou franzir a testa, tornar-me ríspida e dizer "não", para que você me encante de novo. Do contrário, dane-se o mundo. Na verdade, meu amado Montecchio, estou muito apaixonada, e por isso você pode pensar que meu comportamento é leviano. Mas confie em mim: vou me mostrar mais fiel do que as que fingem ser difíceis. Eu devia ter me mostrado mais distante, é verdade! Mas você percebeu meu amor antes até de mim mesma! Por isso, me perdoe. Não me interprete mal! Mas eu sinto que devo me atirar nos braços do amor que a noite escura revelou.

ROMEU — Juro pela abençoada Lua que derrama sua luz prateada no alto de todas essas árvores frutíferas...

JULIETA — Ah, não jure pela Lua, essa inconstante Lua, que muda de órbita tão frequentemente. A menos que seu amor também seja assim inconstante.

ROMEU — Me diga, então, por quem devo jurar?

JULIETA — Não jure. Ou, se quiser jurar, jure por você, por sua pessoa digna. Assim acreditarei no que me diz.

ROMEU — Se o amor, tão caro a meu coração...

JULIETA — Por favor, não jure. Embora eu fique feliz em vê-lo, não me agradam os votos desta noite. Foram muito precipitados, irrefletidos, repentinos; como o relâmpago, que deixa de existir antes que alguém possa dizer: "Aí está ele, iluminando tudo!". Boa-noite, meu querido. Que a semente do amor amadureça, tornando-se uma bela flor quando nos encontrarmos de novo. Boa-noite, boa-noite! Que o sono e o descanso entrem em seu coração assim como entraram no meu.

ROMEU — Você vai me deixar assim, triste?

JULIETA — Que alegria você gostaria de ter esta noite?

ROMEU — Gostaria que trocássemos o fiel voto do amor.

JULIETA — Eu lhe dei meu voto antes mesmo que você o pedisse. Mas queria tê-lo de volta.

ROMEU — Você deseja retirá-lo? Por quê, meu amor?

JULIETA — Para ser generosa e oferecê-lo mais uma vez. Não desejo nada além daquilo que possuo. Meu amor é profundo.

AMA — *[Fora de cena.]* Julieta!

JULIETA — Estão me chamando! Adeus, querido amor! *[Vira-se para o quarto:]* Já vou, Ama! *[Para Romeu:]* Doce Montecchio, espere um pouquinho. Volto logo. *[Sai da janela.]*

ROMEU — Ah, noite abençoada! Tenho medo, porém. Como é noite, isso tudo pode não ter passado de um sonho, maravilhoso demais para ser verdade.

Julieta volta à janela.

JULIETA — Vim para dizer três palavrinhas, Romeu querido, e dar um boa-noite definitivo. Se suas intenções amorosas forem honradas a ponto de você me propor casamento, mande-me uma palavra, amanhã, pela pessoa que eu enviar. Diga somente onde e a que horas será realizada a cerimônia. Então, colocarei minha vida a seus pés e o seguirei, meu esposo, pelo mundo.

AMA [*Chama de dentro da casa:*] — Senhorita!

JULIETA — Já vou, ama! [*Para Romeu:*] Mas, se seu amor não for verdadeiro, eu lhe peço...

AMA — Senhorita!

JULIETA — Já vou! Num instante! [*Para Romeu:*] Como dizia, se o seu amor não for verdadeiro, não me procure mais. Permita que eu me entregue à minha dor. Amanhã cedo lhe mandarei um mensageiro.

ROMEU — Juro por minha alma...

JULIETA — Mil vezes boa-noite!

Julieta sai da janela.

ROMEU — Mil vezes a noite será má sem a luz que você me traz!
[Faz menção de retirar-se.]

Julieta volta à janela.

JULIETA — Ah, Romeu, meu pai é severo, e não posso falar alto. Se não fosse assim, eu ficaria rouca de tanto repetir seu nome. Romeu! Romeu!

ROMEU — Minha vida?

JULIETA — A que horas devo enviar meu mensageiro até você?

ROMEU — Às nove horas.

JULIETA — Sem falta. Mas parece que até lá passarão vinte anos. Esqueci o motivo pelo qual o chamei.

ROMEU — Deixe que eu fique aqui, parado, até você se lembrar.

JULIETA — Pois eu jamais me lembraria, só para que você continuasse aí. Apenas recordaria de como adoro sua companhia.

ROMEU — E eu permaneceria neste lugar, para que você se esquecesse, e só me lembraria desta casa.

JULIETA — Está quase amanhecendo. Seria melhor que você tivesse ido. Mas você permanece aqui, como um pássaro preso na gaiola!

ROMEU — Quisera ser seu passarinho...

JULIETA — Ah, querido, eu também queria! Mas poderia até matá-lo, de tanto cuidar de você. Boa-noite! A partida é um sofrimento tão doce que eu poderia dizer boa-noite até que a manhã chegasse.

Julieta sai da janela.

ROMEU — Que o sono descanse em seus olhos, e que haja paz em seu coração. Se eu fosse o sono e a paz, descansaria tão docemente em você... Vou procurar Frei Lourenço, meu pai espiritual, para implorar ajuda e contar o que está acontecendo conosco.

Sai.

CENA III
QUARTO DE FREI LOURENÇO NA IGREJA DE SÃO PEDRO. MADRUGADA.

Frei Lourenço entra, carregando um cesto.

FREI LOURENÇO — A meia-luz da manhã sorri para o jeito sério da noite. Risca as nuvens do nascente com raios de luz e corta a escuridão. Antes que o Sol seque o orvalho da noite, devo encher o cesto de sementes e de flores venenosas. A terra é mãe e sepultura da natureza. Dela nascem plantas de espécies diversas. Há muitas plantas com poderes curativos. É grande o poder curador das ervas, das plantas, das sementes e de suas essências. Nada é tão ruim que não proporcione algum bem à Humanidade, ou que não ofereça algum benefício especial. E nada é tão bom que não possa ser usado para causar danos. *[Examina uma flor.]* Nesta pequenina flor mora o veneno e o poder medicinal. Quem aspira seu perfume sente bem-estar, mas quem experimenta seu sabor conhece a morte. No homem, assim como nas ervas, residem o bem e o mal.

Romeu entra.

ROMEU — Bom-dia, padre.

FREI LOURENÇO — Abençoado seja! Quem me chama tão cedo? Acho que a inquietação fez com que você se levantasse cedo da cama. *[Vê Romeu]*. Mas um jovem despreocupado, com a mente tranquila, descansa seu corpo. Dorme. Por isso tenho certeza de que algo está tirando seu sossego. Se não for isso, só pode ser outra coisa! Você, Romeu, não dormiu em sua cama a noite passada!

ROMEU — A segunda alternativa é a verdadeira. Meu descanso foi leve.

FREI LOURENÇO — Que Deus perdoe seu pecado! Você passou a noite com Rosalina?

ROMEU — Com Rosalina, padre? Oh, não. Já esqueci esse nome e a dor que ele provocava.

FREI LOURENÇO — Melhor assim. Então, onde esteve?

ROMEU — Vou contar antes que o senhor pergunte de novo. Fui à festa na casa da família inimiga da minha. E lá, de repente, fui ferido por alguém que também se feriu. Só o senhor poderá nos ajudar!

FREI LOURENÇO — Seja mais claro, meu bom filho.

ROMEU — Serei franco: meu coração agora pertence à bela filha do rico Capuleto. Meu coração é dela assim como o dela é meu. Já combinamos tudo; só falta acertar com o senhor o lugar e a hora do nosso sagrado casamento. Mais tarde lhe contarei quando, onde e como nos conhecemos, cortejamos um ao outro e trocamos nossos votos. Eu imploro, quero casar com ela ainda hoje.

FREI LOURENÇO — Por São Francisco! Que mudança é essa? Rosalina, que você adorava, foi esquecida assim, tão depressa? O amor dos jovens não parece estar no coração, e sim nos olhos. Jesus, Maria! Quantas lágrimas salgadas lavaram suas faces por amor a Rosalina! Quantas lágrimas correram em vão por um amor já esquecido! Você mudou?

ROMEU — O senhor me repreendia por amar Rosalina.

FREI LOURENÇO — Não criticava o amor, mas o exagero, a loucura.

ROMEU — Por favor, não me censure. A pessoa que agora ama corresponde o meu amor e a minha alegria. Rosalina não me amava.

FREI LOURENÇO — Ah, porque ela bem sabia que seu amor era inconstante! Mas venha, meu jovem sonhador, venha comigo. Vou ajudá-lo por um motivo: talvez essa aliança traga paz a essas famílias. E o ódio se transforme em amor puro.

ROMEU — Vamos, vamos rápido! Mal posso esperar!

FREI LOURENÇO — Prudência e calma! Aqueles que correm muito tropeçam.

Saem.

CENA IV
RUA DE VERONA.

Entram Benvólio e Mercúcio.

MERCÚCIO — Onde diabos foi parar esse Romeu? Não foi para casa, suponho.

BENVÓLIO — Não para a do pai. Sei disso porque conversei com um criado da família.

MERCÚCIO — Ah, aquela pálida Rosalina e seu coração de pedra! Ela o atormenta tanto que Romeu acabará enlouquecendo.

BENVÓLIO — Tebaldo, sobrinho do velho Capuleto, enviou uma carta à casa de Montecchio.

MERCÚCIO — É um desafio, aposto. Um desafio para uma luta de espadas, onde somente um sairá vivo!

BENVÓLIO — Romeu vai responder à carta?

MERCÚCIO — Qualquer homem que saiba escrever pode fazer isso.

BENVÓLIO — Mas sem dúvida Romeu dirá a Tebaldo que aceita o desafio.

MERCÚCIO — Pobre Romeu! Já foi apunhalado pelos olhos de uma donzela. Está apaixonado, não tem controle de suas emoções. Será que Romeu é o homem certo para enfrentar Tebaldo?

BENVÓLIO — E por que devemos ter medo de Tebaldo?

MERCÚCIO — Bem, ele é mais que o Príncipe dos Gatos, posso garantir. Duela como quem canta, mantendo o ritmo, o compasso e o tom. Observa suas curtas pausas: conta uma, duas... na terceira crava a espada no peito do adversário. Ele é um grande espadachim, bem treinado na esgrima. Pobre Romeu, não teria a menor chance contra Tebaldo!

Romeu entra.

BENVÓLIO — Aí vem Romeu.

MERCÚCIO — E vem esgotado, como um peixe seco. *[Pausa.]* Senhor Romeu, bom-dia! Você nos armou uma bela farsa na noite passada.

ROMEU — Bom-dia a ambos. Que farsa eu armei?

MERCÚCIO — Desapareceu!

ROMEU — É que eu tinha algo importantíssimo para resolver. E, num caso tão urgente, pode-se esquecer um pouco a cortesia.

MERCÚCIO — Agora entendo. Estranhei, porque eu sou o mais perfeito exemplo da cortesia.

ROMEU — Perfeito como uma flor?

MERCÚCIO — Exato.

ROMEU — Bem, então meus sapatos estão floridos.

MERCÚCIO — Engraçadinho... Continue zombando até estragar seus sapatos, porque, quando a única sola dele estiver gasta, sua zombaria desaparecerá. Preciso ir. Venha me ajudar, Benvólio, pois meu espírito cansou.

ROMEU — Não tem resposta à altura. Vou declarar minha vitória!

MERCÚCIO — Nada disso. Vou morder sua orelha por causa dessa brincadeira.

ROMEU — Não, bondoso pato, não me morda.

MERCÚCIO — Pato? Sua língua tem o tempero mais picante que conheço.

ROMEU — Quá quá! Você não passa de um pato muito gordo.

MERCÚCIO — Ora, e ser um pato gordo não será melhor do que ficar gemendo de amor? Bem, mas finalmente você se mostra sociável, agora é o nosso Romeu. Agora você é o que é, tanto por arte quanto por natureza. Porque esse seu amor disparatado é igual a um grande idiota que corre de um lado para outro com a língua de fora.

BENVÓLIO — Pare com isso, Mercúcio. Pode parar.

MERCÚCIO — Você quer me forçar a interromper minha história?

BENVÓLIO — Exatamente. A história já está longa demais.

MERCÚCIO — Você está muito enganado. Eu realmente quero encerrá-la.

Entram a Ama e Pedro.

ROMEU *[Olha para a ama e depois diz a Mercúcio:]* — Eis aí uma desculpa esfarrapada!

MERCÚCIO *[Zombando da roupa da mulher:]* — Uma vela! Uma vela! O navio vai se lançar ao mar!

BENVÓLIO — Duas, duas! Uma camisa e um casaco.

AMA — Pedro!

PEDRO — Aqui estou!

AMA — Meu leque, Pedro.

MERCÚCIO — Isso, Pedro, para ela esconder o rosto. O leque é mais bonito.

AMA — Deus lhes dê um bom-dia, cavalheiros.

MERCÚCIO — Deus lhe dê uma boa-tarde, bela e gentil senhora.

AMA — Já é boa-tarde?

MERCÚCIO — Não será menos. O mostrador aponta para o meio-dia.

AMA — Fique longe de mim! [*Pausa.*] Cavalheiros, algum dos senhores pode me dizer onde encontrar o jovem Romeu?

ROMEU — Eu posso! Sou eu o mais jovem desse nome, na ausência de um pior.

AMA — Muito bem colocado.

MERCÚCIO — Sério? O pior foi bem colocado? Ele tem boa aparência. É inteligente.

AMA — Se é você, quero ter uma conversa particular.

BENVÓLIO — Quanto amor! Ela vai convidá-lo para jantar?

MERCÚCIO — Com certeza é uma fofoqueira! Veio falar em nome de outra, eu garanto. Oh, oh!

ROMEU — O que você tem com isso?

MERCÚCIO — Ou será que você está caído pelos encantos desta dama? Não é uma lebre, Romeu. E se for lebre, é uma lembre embolorada. [*Pausa.*] Romeu, você não vai à casa de seu pai? Vamos almoçar lá.

ROMEU — Irei em seguida.

MERCÚCIO — Adeus, velha dama. Adeus. [*Canta:*] "Dama, dama, dama".

Mercúcio e Benvólio saem.

AMA — Adeus, adeus. Por gentileza, cavalheiro. Pode me dizer quem é esse sujeitinho desaforado?

ROMEU — Um cavalheiro, ama, que adora ouvir a própria voz e que consegue falar em um minuto muito mais do que qualquer outra pessoa fala em um mês.

AMA — Se esse moço disser alguma coisa contra mim, acabarei com ele, mesmo que seja mais forte do que parece. Mesmo que traga vinte tolos junto com ele. E, se não puder fazer isso, encontrarei quem faça por mim. Que estúpido! Não sou nenhuma de suas coleguinhas amalucadas, sou uma senhora de respeito! *[A Pedro:]* E você fica aí, quieto, e permite que qualquer velhaco zombe de mim?

PEDRO — Achei que era só uma brincadeira inocente. Se fosse zombaria, eu sacaria minha espada da bainha em menos de um segundo. Sou tão rápido na espada quanto qualquer outro homem. Basta surgir a ocasião para uma boa briga. E ter a lei a meu lado.

AMA — Estou tão furiosa e envergonhada que sinto tremer cada parte de mim. Sujeitinho sem pudor! Por favor, Romeu, preciso falar com você. Minha jovem senhora pediu que eu o procurasse.

Guardarei para mim seu recado. Primeiro quero avisar que, se pretende mesmo levá-la para o paraíso dos loucos, como se diz, incorrerá em um erro grosseiro, por assim dizer. Porque a senhorita é jovem e, se o senhor jogar sujo com ela, será algo verdadeiramente mau, tanto para ela como para qualquer outra nobre. Será um procedimento muito covarde.

ROMEU — Ama, recomende-me à sua senhora. Juro solenemente que...

AMA — Mas que olhos tão ardentes! Agora tenho certeza, ela será muito feliz!

ROMEU — Ainda nem ouviu o que tenho a falar!

AMA — Mas vou dizer a ela que o senhor jurou solenemente, como um bom cavalheiro.

ROMEU — Então dê o meu recado! Peça à Julieta que encontre um modo de ir se confessar hoje à tarde, com o frei Lourenço. Lá, ela não somente irá se confessar. Também nos casaremos. *[Oferece dinheiro à Ama:]* Por favor, aceite isto por seu trabalho.

AMA — Não, senhor. De verdade. Nem uma moedinha.

ROMEU — Vamos, aceite. A senhora merece.

AMA — Já disse, nem uma moeda. Só quero ver Julieta feliz. Esta tarde, senhor? Bem, ela irá.

ROMEU — Espere, por favor. Daqui a uma hora, atrás do muro da abadia, meu criado irá vê-la, bondosa Ama, e lhe dará uma escada de cordas, que me levará, mais tarde, no início da noite, ao encontro de Julieta. Adeus. Continue leal e saberei recompensá-la. Adeus. Dê minhas recomendações à senhorita.

AMA — Que Deus do céu o abençoe. Ouça, Romeu...

ROMEU — Sim, querida Ama?

AMA — Seu criado é de confiança?

ROMEU — Garanto que meu criado é firme como o aço.

AMA — Bem, Julieta é a moça mais doce deste mundo! Quando ainda balbuciava as primeiras palavras... Oh! Há na cidade um nobre, um tal conde Páris, que de muito bom grado se casaria com ela. Porém, ela, boa alma, preferiria ver um sapo, um sapo de verdade, a olhar para o conde. Às vezes eu a irrito ao dizer que Páris é o moço mais bonito de Verona. Posso assegurar, entretanto, que toda vez que digo isso ela se torna tão pálida como um lençol. Ah, ela escreveu as mais lindas frases sobre você! Vai gostar muito de ouvir.

ROMEU — Tenho certeza. Diga a ela que quero ouvir pessoalmente!

AMA — Direi sim, mil vezes.

Romeu sai.

AMA — Pedro!

PEDRO — Aqui estou!

AMA — Pegue meu leque e vá na frente. Depressa!

Saem.

CENA V
JARDIM DOS CAPULETO.

Entra Julieta.

JULIETA — O relógio marcava nove horas quando enviei a Ama até Romeu. Ela prometeu voltar em trinta minutos. Bem, talvez não o tenha encontrado. Não, não é isso. Ela é lenta. Ah, os mensageiros do amor deveriam ser apenas os pensamentos, dez vezes mais velozes do que os raios do Sol. Agora já se passaram três longas horas entre as nove e o meio-dia. Mas a Ama não aparece. Se tivesse os sentimentos e o sangue dos jovens, seria rápida como uma bala. Minhas palavras a teriam lançado a meu doce amor, e as dele a arremessariam até mim. Que demora! [*A Ama e Pedro entram.*] Oh, ama querida, quais as novidades? Encontrou Romeu? Por favor, peça a seu criado que saia.

AMA — Pedro, espere lá fora.

Pedro sai.

JULIETA — E então, minha doce Ama? Ah, meu Deus, por que você está com essa aparência abatida? Se as novidades forem ruins, conte-as com alegria. Se forem boas, não estrague a música de doces notícias falando com uma cara tão azeda.

AMA — Estou exausta! Deixe-me sozinha por um momento. Como meus ossos doem! Que longa viagem!

JULIETA — Eu queria que a senhora tivesse os meus ossos, e eu, as novidades. Vamos, por favor, fale. Conte tudo, minha ama.

AMA — Jesus, que pressa! Você não pode esperar um pouco? Não vê que estou sem fôlego?

JULIETA — Sem fôlego? Ora, mas tem fôlego suficiente para dizer que não tem fôlego! A desculpa que usa para não me dar logo as notícias é mais longa do que a história que serve de justificativa. As novidades são ruins ou boas? Responda ao menos isso! Prometo esperar para conhecer os detalhes, mas ao menos me diga se as notícias são ruins ou boas!

AMA — Bem, sua escolha foi tola. Você não sabe como escolher um homem. Romeu? Não, ele não. Embora tenha o rosto mais bonito da cidade e suas pernas excedam as dos outros homens, ainda que tenha mãos, pés e corpo dos quais nada se possa falar, pois estão acima de qualquer comparação, o moço não é um modelo de cortesia. Mas aposto que é manso como um cordeiro. Siga seu caminho, menina, e sirva a Deus. Que fome! Já almoçou?

JULIETA — Não, não. Mas Ama, disso tudo eu já sabia. O que Romeu disse sobre o casamento?

AMA — Ah, meu Deus, que dor de cabeça! Que cabeça, a minha! Parece que vai se quebrar em vinte pedaços. E, do outro lado, as costas! Oh, minhas costas! Como teve coragem de me enviar para a rua, neste calor, a caminhar de um lado para outro!

JULIETA — Sinto muito, e me aflige saber que não está bem. Mas, por favor, minha doce Ama, que disse o meu amor?

AMA — Seu amor disse, como cavalheiro honesto e cortês, e bem-educado, e belo e, garanto, virtuoso... Onde está sua mãe?

JULIETA — Onde está minha mãe? Ora, lá dentro! Onde mais deveria estar? Que resposta mais estranha! "Seu amor disse, como cavalheiro honesto e cortês, onde está sua mãe?"

AMA — Oh, senhorita de Deus! Por que tanta impaciência? É essa a paga que me dá por meus ossos doloridos? De hoje em diante, dê suas mensagens você mesma.

JULIETA — Ah, quanto rodeio! Vamos, conte-me: o que disse Romeu?

AMA — Você tem permissão de sair para confessar?

JULIETA — Tenho.

AMA — Então não perca tempo e vá aos aposentos de frei Lourenço. Lá a espera um marido disposto a fazer de você uma esposa. Ei, não precisa ficar assim vermelha! Corra até a igreja. Eu, de minha parte, preciso encontrar um criado com uma escada de cordas, para que seu amor consiga alcançar seu quarto quando a noite cair. Sou aquela que trabalha para seu contentamento, mas à noite é você que terá trabalho. Vou almoçar. Corra para a igreja.

JULIETA — Que a boa sorte a abençoe, Ama querida. Adeus!

Saem.

CENA VI
QUARTO DE FREI LOURENÇO.

Entram frei Lourenço e Romeu.

FREI LOURENÇO — Que o céu sorria para este ato sagrado. E não permita que mais tarde a gente se arrependa.

ROMEU — Amém, amém! Porém, tristeza nenhuma poderá apagar a alegria que senti junto de Julieta. Se o senhor unir nossas mãos com palavras santas, não me importo com o que a morte, devoradora do amor, faça. Para mim basta poder chamar Julieta de "minha esposa".

FREI LOURENÇO — Essas violentas alegrias terminam também em violência. Morrem ao chegar ao ápice, como a pólvora, que explode e se consome como um beijo. O mel mais doce pode provocar doenças quando, com seu sabor, acaba com nosso apetite. Ame com moderação, que é isso que faz o amor durar. A pressa exagerada faz com que você chegue tão atrasado quanto os mais lerdos.

Entra Julieta.

FREI LOURENÇO — Eis a dama que chega! Que pés tão leves!
JULIETA — Boa-tarde, meu confessor.
FREI LOURENÇO — Romeu a cumprimentará por nós dois, filha.

Romeu beija Julieta.

JULIETA — Pois agradecerei muito cada cumprimento dele.

Julieta beija Romeu.

ROMEU — Ah, Julieta, se sua alegria for grande como a minha, permita que a música da sua voz revele a infinita felicidade que ambos compartilhamos neste encontro maravilhoso.

JULIETA — Meu amor é minha verdadeira riqueza. É tão grande que nem imagino quanto vale!

FREI LOURENÇO — Vamos, venham comigo. Podemos fazer uma cerimônia rápida, começando com o perdão dos pecados. Vocês não podem ficar a sós antes que a santa Igreja celebre o casamento.

Saem.

TERCEIRO ATO

CENA I
PRAÇA PÚBLICA.

Entram Mercúcio, Benvólio, Pajem e criados.

BENVÓLIO — Rogo-lhe, Mercúcio: vamos embora. O dia está quente e os Capuleto andam pela cidade. Se os encontrarmos, não escaparemos da luta. Os dias quentes fazem o sangue de todos ferver.

MERCÚCIO — Você parece um daqueles homens que, quando entra numa taberna, bate a espada em cima da mesa e diz: "Queira Deus que eu não precise usá-la!". Mais tarde, depois do segundo copo, ameaça o atendente sem o menor motivo.

BENVÓLIO — Sou assim?

MERCÚCIO — Vamos, vamos, você é tão esquentado como qualquer homem da Itália. Fica irritado com grande facilidade e sua raiva demora a acabar.

BENVÓLIO — E daí?

MERCÚCIO — Ora, se existissem dois Benvólio, logo, logo não teríamos mais nenhum, porque um mataria o outro. Você é capaz de brigar com um homem só porque ele tem um fio a mais ou a menos de barba do que você. Sua cabeça é tão cheia de rixas como o ovo o é de alimento, embora, em função das brigas, ela já tenha sido batida tantas vezes como clara de ovo. Você já brigou com um homem que tossiu na rua e por isso acordou seu cachorro, que dormia no Sol. E brigou com um sapateiro por ter amarrado sapatos novos com cordões velhos. Depois de tudo isso você ainda quer me dar aulas de calma e comedimento?

BENVÓLIO — Se eu fosse briguento como você, meu seguro de vida valeria uma fortuna! Você sim é o mais briguento de todos!

Entram Tebaldo, Petrúcio e outros Capuleto.

BENVÓLIO — Ah, aí vêm os Capuleto.

MERCÚCIO — Grande coisa. Não ligo a mínima.

TEBALDO *[Para Petrúcio e os outros:]* — Não se afastem de mim. Vou conversar com esses senhores. *[Para os Montecchio:]* Boa-tarde, cavalheiros. Eu gostaria de dar uma palavrinha com um de vocês.

MERCÚCIO — Você só quer dar uma palavrinha com um de nós dois? Acrescente mais alguma coisa: uma palavra e um golpe.

TEBALDO — Farei isso com alegria se o senhor me der motivo.

MERCÚCIO — Você não consegue encontrar motivos sem minha ajuda?

TEBALDO — Mercúcio, você está concertado[5] com Romeu...

MERCÚCIO — Concertado? O que você pensa que somos, músicos? Se for assim, prepare-se para ouvir apenas barulho. *[Põe a mão na espada.]* Aqui está o arco do meu violino, que fará você dançar. Que absurdo, "concertado"!

BENVÓLIO — Estamos numa praça pública, cheia de gente. Devemos ir para um lugar mais tranquilo, conversar com calma sobre sua queixa, ou vamos embora. Aqui, todo mundo pode nos ver.

MERCÚCIO — Que nos vejam! Afinal, os olhos foram feitos para ver. Não pretendo agradar ninguém. Daqui não saio.

Entra Romeu.

[5] Pôr(-se) ou estar em harmonia, em acordo, harmonizar(-se), acordar(-se), conciliar(-se).

TEBALDO — Que a paz o acompanhe. Aí vem o meu homem, o homem que procuro.

MERCÚCIO — Amaldiçoado seja eu, se ele for "seu" homem, ou melhor, seu criado. Muito bem, dirijam-se ao campo de duelo.

TEBALDO — Romeu, o ódio que sinto neste instante só me deixa dizer uma coisa: você não passa de um vilão.

ROMEU — Tebaldo, o motivo que tenho para amá-lo me leva a pôr de lado a raiva que eu deveria sentir. Perdoo seu insulto. Não sou nenhum vilão. Por isso, adeus. Só posso dizer que você não me conhece.

TEBALDO — Ouça, moleque, isso não serve como desculpa para o mal que você tem me causado. Portanto, dê meia-volta e pegue sua espada.

ROMEU — Discordo. Jamais lhe fiz mal. Na verdade, tenho mais afeição por você do que poderia imaginar até conhecer o motivo desse sentimento. Por isso, bom Capuleto, acalme-se. Amo seu sobrenome tanto quanto o meu.

MERCÚCIO — Que submissão baixa, desonrosa! *[Pega a espada.]* Que vença o melhor! Tebaldo, seu gato sujo, venha lutar comigo!

TEBALDO — Que você quer de mim?

MERCÚCIO — Ah, meu bom rei dos gatos, quero apenas uma de suas nove vidas. Vou tirá-la! Se você me ofender depois disso, acabarei com as outras oito. E então? Vai ou não vai sacar sua espada da bainha? Depressa, ou minha lâmina cortará suas orelhas!

TEBALDO *[Sacando da espada.]* — Estou pronto. Vamos lutar.

ROMEU — Gentil Mercúcio, guarde essa espada.

MERCÚCIO *[Para Tebaldo:]* — Vamos, você, dê um passo à frente!

Começam a lutar.

ROMEU *[Puxando a espada.]* — Benvólio, pegue sua espada. Vamos desarmar estes dois. Cavalheiros, que vergonha! Parem com isso! Tebaldo, Mercúcio, o Príncipe proibiu as lutas nas ruas de Verona. Pare, Tebaldo! Pare, Mercúcio! *[Tenta desarmá-los. Tebaldo acerta Mercúcio.]*

PETRÚCIO — Vamos embora, Tebaldo.

Os Capuleto e seus criados saem.

MERCÚCIO — Estou ferido. Que a morte atinja as famílias Montecchio e Capuleto! Estou acabado. Ele foi embora sem nenhum machucado?

BENVÓLIO — Você está mesmo ferido?

MERCÚCIO — Sim, sim. Foi somente um arranhão, mas para mim é suficiente. Onde está meu pajem? Vá buscar um médico, garoto.

O Pajem sai.

ROMEU — Coragem, rapaz. O ferimento não deve ser profundo.

MERCÚCIO — Não é fundo como um poço nem largo como a porta de uma igreja. Mas é o suficiente. E cumpri minha obrigação. Amanhã, se você perguntar por mim, vai me encontrar num túmulo. Acabei para este mundo, juro. Que uma praga caia sobre os Montecchio e os Capuleto! Droga! Não posso acreditar que aquele cão, aquele rato, aquele camundongo, aquele gato, me feriu de morte! Um fanfarrão, um canalha, um ser desprezível, que luta como se tivesse aprendido a esgrima num manual! Por que diabo você se meteu entre nós? Fui ferido debaixo de seu braço.

ROMEU — Pensei que separá-los fosse a melhor coisa.

MERCÚCIO — Leve-me a alguma casa, Benvólio, ou eu desmaio. Uma praga sobre as duas famílias! Transformaram-me em carne para os vermes. Estou acabado. Uma praga às duas famílias!

105

Saem Mercúcio e Benvólio.

ROMEU — Esse cavalheiro, primo do Príncipe e meu amigo querido, foi ferido de morte quando me defendia do insulto de Tebaldo. Minha reputação foi manchada por Tebaldo, que se tornou meu primo há uma hora. Doce Julieta, sua beleza me transformou num maricas. Você suavizou minha coragem. Antes eu era mais duro que o aço.

Volta Benvólio.

BENVÓLIO — Romeu, Romeu, o bom Mercúcio está morto! Aquele bravo espírito subiu ao céu. Ele não devia ter deixado a Terra tão cedo!

ROMEU — Esse terrível acontecimento afetará o futuro. Hoje tem início um terror que só terminará muito adiante.

Volta Tebaldo.

BENVÓLIO — O furioso Tebaldo está de volta.

ROMEU — Vivo! Em triunfo! E Mercúcio está morto! Chega de compaixão e de consideração. A partir deste instante a fúria conduzirá minhas ações. Agora, Tebaldo, você pode me chamar de "vilão" outra vez. A alma de Mercúcio ainda paira acima de nossas cabeças, aguardando a companhia da sua. Um de nós dois terá de ir com ele.

TEBALDO — Você fez um acordo com Mercúcio, não é mesmo? Tenho certeza de que logo estará com ele.

ROMEU — Pois vamos ver se você tem razão.

Batem-se; Tebaldo cai morto por Romeu.

BENVÓLIO — Romeu, saia daqui! As pessoas estão se aproximando, e Tebaldo morreu. Não fique aí parado! O Príncipe vai condená-lo à morte se for pego! Fuja, vá embora!

ROMEU — Sou o bobo do destino.

BENVÓLIO — Por que ainda está aqui? Suma!

Sai Romeu. Entram os cidadãos de Verona.

PRIMEIRO CIDADÃO — Para onde foi o homem que matou Mercúcio? Tebaldo, aquele assassino, onde está?

BENVÓLIO — Ali está, deitado no chão.

PRIMEIRO CIDADÃO *[Para Tebaldo:]* — Levante-se, senhor, e venha comigo. Está intimado em nome do Príncipe. Obedeça.

Entram o Príncipe e seu séquito; Montecchio, Capuleto, suas esposas e outras pessoas.

PRÍNCIPE — Onde estão os homens vis que iniciaram esta luta?

BENVÓLIO — Nobre Príncipe, posso explicar todos os tristes detalhes deste combate fatal. Ali está Tebaldo. Sem vida. Ele matou nosso bravo Mercúcio, seu primo, e então Romeu o matou.

SENHORA CAPULETO — Tebaldo, meu sobrinho! Oh, filho de meu irmão! Príncipe, primo, marido! Meu sobrinho está morto! Oh, Príncipe, o senhor é um homem honrado. Vingue essa morte, fazendo correr o sangue de um dos Montecchio. Ah, meu pobre sobrinho!

PRÍNCIPE — Benvólio, quem começou este combate sangrento?

BENVÓLIO — Tebaldo, que Romeu deixou sem vida. Romeu lhe falou com gentileza, mostrando como a discussão era tola. Disse que o senhor não aprovaria a luta. Falou tudo isso de maneira calma e educada, e se ajoelhou em sinal de respeito. Mas não convenceu Tebaldo, que estava furioso e não queria nem ouvir a palavra "paz". Tebaldo e Mercúcio começaram a lutar ferozmente, investindo um contra o outro e ambos esquivando-se dos golpes. Romeu gritou: "Amigos, parem. Acabem com isso". Em seguida pulou entre os dois e obrigou-os a baixar as espadas. Mas Tebaldo conseguiu ferir o bravo Mercúcio por debaixo dos braços de Romeu. Em seguida fugiu. Mas depois voltou até Romeu. Os dois se atracaram, velozes como o relâmpago, e, antes que eu pudesse separá-los, Tebaldo caiu morto. Nesse instante, Romeu fugiu. Esta é a verdade, juro por minha vida.

SENHORA CAPULETO — Esse moço é parente dos Montecchio. Por isso, mente. Cerca de vinte deles entraram nessa briga para matar apenas um. Quero que o Príncipe faça justiça! Romeu matou Tebaldo. Romeu deve morrer.

PRÍNCIPE — Romeu matou Tebaldo, que antes matara Mercúcio. Quem deve pagar o preço da vida de Mercúcio?

MONTECCHIO — Romeu é que não, Príncipe. Era amigo de Mercúcio e deu a Tebaldo o castigo que a lei manda: a morte.

PRÍNCIPE — Por essa transgressão, ele será exilado. Terá de sair de Verona. Fui envolvido na briga das famílias Montecchio e Capuleto. Mercúcio era meu parente e morreu por causa da rixa sangrenta dos senhores. Vou puni-los de modo tão duro que ambos vão se arrepender de me ter causado essa perda. Não ouvirei súplicas nem desculpas. Os senhores não se verão livres do problema nem rezando nem chorando. Por isso, não percam tempo. Digam a Romeu que deixe a cidade imediatamente. Se ele for encontrado em Verona, será morto. Levem embora esse corpo e obedeçam minhas ordens. Mostrar compaixão perdoando assassinos somente levará a mais mortes.

Saem.

CENA II
JARDIM DOS CAPULETO.

Entra Julieta.

JULIETA — Noite, espalhe sua cortina e proteja os enamorados! Desça, noite, para que Romeu venha pra meus braços, em silêncio e sem ser visto. Venha, noite discreta, com seu manto negro. Cobre meu rosto envergonhado com teu manto escuro, até que esse amor tímido se torne atrevido. E eu possa viver o verdadeiro amor! Venha, noite. Venha, Romeu. Venha, noite gentil; venha, noite amorosa e escura! Traga Romeu. Este dia é tão longo como a noite que antecede alguma festa para uma criança impaciente, que ganhou roupas novas e não pode vesti-las. Ah, ali vem a Ama, e traz novidades. *[Entra a Ama, carregando a escada de cordas.]* Ama, quais são as novidades? Que tem nas mãos? A escada de cordas de Romeu?

AMA — Isso mesmo. *[Coloca a escada no chão.]*

JULIETA — Ai de mim! Que houve? Por que torce as mãos desse jeito?

AMA — Oh, dia! Oh, dia! Ele morreu, morreu, morreu! Estamos perdidas, senhorita! Arruinadas! Maldito dia! Ele se foi, assassinado, morto!

JULIETA — O céu pode ser tão mau, a ponto de meu amor morrer quando começa minha alegria?

AMA — Romeu pode, embora o céu não possa. Ah, Romeu, Romeu! Quem poderia ter imaginado isso? Romeu!

JULIETA — Por que você me atormenta assim? Me diga logo. Romeu se matou? Se você disser "sim", essa palavra, para mim, terá mais veneno do que a picada fatal de uma serpente. Não serei mais eu mesma se os olhos de Romeu estiverem sem vida. Ele morreu? Ou está vivo? Responda "sim" ou "não". Esse breve som determinará minha felicidade ou minha desgraça.

111

AMA — Vi a ferida, vi com meus olhos... Deus nos ajude... em seu peito viril. Pobre cadáver, pobre e ensanguentado. Pálido como as cinzas, recoberto de coágulos de sangue. Ao ver isso, desmaiei.

JULIETA — Explode coração! Pobre coração arruinado, explode de uma vez! Que meu corpo descanse na terra. Que minha vida se encerre aqui. Que em meu corpo e no de Romeu pese a mesma terra.

AMA — Tebaldo, Tebaldo, meu melhor amigo! Ó Tebaldo gentil, cavalheiro honesto! Eu não devia ter vivido para ver sua morte!

JULIETA — Que tempestade é essa, que golpeia de lados tão contrários? Romeu não vive e Tebaldo está morto? Meu querido primo e meu amado esposo? Para que viver se esses dois estão mortos?

AMA — Tebaldo morreu e Romeu foi banido de Verona. Romeu matou Tebaldo. E foi para o exílio!

JULIETA — Oh, Deus! A mão de Romeu derramou o sangue de Tebaldo?

AMA — Derramou, derramou. Oh, que dia! Que dia!

JULIETA — Ah, lobo em pele de cordeiro! Que decepção! Como pode ser justamente o oposto do que parecia?

AMA — Não há confiança, nem fé, nem honestidade nos homens. Todos são mentirosos, inúteis, falsos e mentirosos. Onde está meu criado? (*vem o criado*) Preciso de algo para beber. Essa dor, essas desgraças, esses desgostos me fizeram envelhecer. Que a vergonha caia sobre Romeu!

JULIETA — Não diga uma palavra contra Romeu! Que sua língua se cubra de feridas por essa maldição! Ele não nasceu para a vergonha.

AMA — E você vai falar bem de quem matou seu primo?

JULIETA — Posso falar mal de meu marido? Por que ele assassinou meu primo? Meu primo poderia ter matado meu marido. Meu marido está vivo! Tebaldo, que pretendia assassinar meu marido, está morto. Existe algo pior que a morte de Tebaldo, uma notícia que me mata. "Tebaldo morreu e Romeu foi banido de Verona". "Banido"! Não há fim, limite, medida, termo para a tristeza contida nessa palavra. Ama, onde estão meus pais?

AMA — Choram e lamentam sobre o corpo de Tebaldo. Quer ir até eles? Posso levá-la.

JULIETA — Eles lavam com lágrimas os ferimentos do corpo de Tebaldo. Quando essas lágrimas secarem, as minhas continuarão correndo em razão do banimento de Romeu. Pegue essa escada de cordas, Ama. Romeu está no exílio. Ele fez essa escada para chegar a meu leito. Mas eu ficarei sozinha, para sempre!

AMA — Sua tristeza me comove. Vá para seus aposentos. Vou encontrar Romeu. Pode ter certeza de que ele virá esta noite. Sei onde ele está. Vou buscá-lo. Está escondido no quarto de frei Lourenço.

JULIETA — Oh! Encontre Romeu, sim! Dê este anel para ele. E peça que venha receber seu último adeus.

Saem.

CENA III
QUARTO DE FREI LOURENÇO.

Entra frei Lourenço.

FREI LOURENÇO — Venha cá, Romeu, seu medroso. A aflição se apaixonou por você? Por acaso decidiu se casar com a desgraça?

Entra Romeu.

ROMEU — Padre, quais as novidades? E a sentença do Príncipe, qual foi?

FREI LOURENÇO — Calma, meu querido filho. Vou dizer qual foi a sentença do Príncipe.

ROMEU — Diga, estou pronto. Fui condenado à morte?

FREI LOURENÇO — Uma sentença pouco severa saiu dos lábios do Príncipe. Não, Romeu, você não foi condenado à morte. Mas deverá viver no exílio, longe de Verona.

ROMEU — Exílio? Prefiro a "morte". Não fale de novo a palavra "exílio", por favor.

FREI LOURENÇO — Você terá de sair de Verona. Seja paciente, porque o mundo é grande e largo.

ROMEU — Não há mundo fora dos muros de Verona, mas purgatório, tortura, o próprio inferno. O exílio significa estar banido do mundo, e isso é a mesma coisa que a morte.

FREI LOURENÇO — Não seja mal agradecido! Em nossa lei, o ato que você cometeu é punido com a morte, mas o Príncipe, tomando seu partido, colocou a Lei de lado e substituiu a sombria pena de morte pelo exílio. É uma graça santa, e você não a reconhece.

ROMEU — É tortura, não graça. O paraíso se encontra aqui, onde Julieta vive. Todo gato e cachorro, um ratinho, todas as coisas simples que vivem neste paraíso podem vê-la. Mas Romeu não pode. Mais importância, mais dignidade, mais amor se encontram

115

nas moscas do que no pobre Romeu. Devo voar para longe de meu amor, mas as moscas são livres para voar por Verona. E meu frei ainda diz que o exílio não significa a morte? O senhor teria alguma mistura venenosa, uma faca afiada, algum meio rápido de morte, não importa quão desonroso seja, que me tire a vida, sem ser o exílio? Como padre, confessor espiritual, com poderes para perdoar pecados, que se declara meu amigo, o senhor me tortura com essa palavra, "banido"!

FREI LOURENÇO — Homem tolo, ouça o que tenho a dizer.

ROMEU — Ah, vai me falar outra vez do banimento!

FREI LOURENÇO — Você está mesmo banido, não há nada a fazer nesse sentido. Mas eu posso ajudá-lo a se recuperar.

ROMEU — "Banido"! Como vou me recuperar? Longe de Julieta eu não fico! É preciso reverter a sentença do príncipe!

FREI LOURENÇO — Estou tentando falar. Mas vejo que os loucos não têm ouvidos.

ROMEU — E os sábios como o senhor têm olhos para ver minha desgraça?

FREI LOURENÇO — Deixe-me discordar de você quanto à sua situação.

ROMEU — Ninguém pode falar sobre aquilo que não sente. Se o senhor fosse moço como eu, se amasse Julieta e a tivesse tomado como esposa há algumas horas, se houvesse tirado a vida de Tebaldo, se estivesse apaixonado como eu e tivesse sido banido, então poderia falar, arrancar os cabelos! E cairia ao chão como faço agora, para pedir que tirem a medida de meu túmulo, porque sem Julieta eu não quero viver!

Batem à porta.

FREI LOURENÇO — Levante-se, Romeu. Estão batendo. Esconda-se.

ROMEU — Não. Que me importa ser preso?

Batem de novo.

FREI LOURENÇO — Ouça como insistem! *[Vira-se para a porta:]* Quem está aí? *[Para Romeu:]* Levante-se ou pode ser preso! *[Para a porta:]* Um minuto, por favor. *[Batem mais uma vez.]* Levante-se, Romeu, e corra para meu estúdio! *[Para a porta:]* Já vou! Já vou! *[Para Romeu:]* Deus, você é teimoso demais! *[Batem novamente.]* Já vou! Quem bate com tamanha força? *[Abre a porta e vê a Ama.]* Quem a enviou aqui? Que deseja?

AMA [*À porta.*] — Deixe-me entrar e o senhor saberá por que estou aqui. Venho da parte da senhorita Julieta.

FREI LOURENÇO — Então, seja bem-vinda.

A Ama entra.

AMA — Oh, santo frade, diga-me, santo frade, onde está o marido de minha menina? Onde está Romeu?

FREI LOURENÇO — Ali, jogado, embriagado pelas próprias lágrimas.

AMA — Oh, exatamente como minha senhorita! Exatamente a mesma condição. Que afinidade pesarosa! Que situação lamentável! Julieta está assim, deitada, gemendo e chorando, chorando e gemendo sem parar. [*Para Romeu:*] Levante-se! Levante-se! Levante-se se for homem. Por amor à Julieta, por amor a ela, levante-se. Por que permanece no chão, em tão profundos lamentos?

ROMEU — Ama!

AMA — Ah, Romeu! Eu sabia que estava aqui!

ROMEU — Fale-me de Julieta. Como ela está se sentindo? Considera-me um assassino, agora que arruinei o início de nossa alegria com o sangue de um parente tão próximo dela? Onde está minha amada? Que diz minha esposa secreta sobre nosso amor arruinado?

AMA — Oh, ela não diz nada, senhor. Apenas chora e chora. Num momento se atira à cama, em outro levanta-se e chama Tebaldo, depois grita "Romeu!" e cai de novo.

ROMEU — É como se meu próprio nome a houvesse matado, assim como minha mão maldita assassinou seu primo. Diga-me, frei, em que parte desprezível de meu corpo vive meu nome? Diga-me, e eu eliminarei essa parte odiosa.

Saca da espada.

FREI LOURENÇO — Detém essa mão desesperada. Você é ou não um homem? Seu corpo diz que sim, mas suas lágrimas parecem as de uma mulher. Seus atos incontrolados denotam a fúria irracional das bestas selvagens. Estou perplexo. Por minha ordem sagrada, imaginei que seu temperamento fosse equilibrado. Você não matou Tebaldo? Agora quer se suicidar? Se fizer isso, matará também sua esposa, que se uniu à sua vida pelo casamento. Por que lamentar seu nascimento, sua alma e seu corpo? Você possui muitos talentos, mas não permite que nenhum deles — nem seu corpo, nem seu amor, nem sua mente — expresse o verdadeiro propósito para o qual foram criados. Seu nobre corpo não passa de uma figura de cera, porque lhe falta a coragem de um homem. O amor eterno que você tanto jurou é uma mentira vazia. E Julieta, não pensa nela? Ora, anime-se, rapaz! Julieta está viva, e foi por ela que você quase morreu esta tarde. Sinta-se feliz por vocês dois estarem vivos. Tebaldo o mataria, mas você conseguiu acertá-lo. Também deveria estar feliz porque a pena de morte foi transformada em exílio. Você tem sorte: muitas bênçãos iluminam seu caminho. A felicidade vem até você, mas, como um menininho mal comportado e mal-humorado, você lamenta sua sorte e seu amor. Tome cuidado, porque esse tipo de gente tem morte miserável. Vá encontrar sua amada, como foi combinado. Suba ao quarto dela e conforte-a. Mas preste atenção: saia antes da guarda da noite sair de serviço. Ou não poderá escapar para a cidade de Mântua. Você viverá ali até que possamos tornar público seu casamento, reconciliar as duas famílias e obter o perdão do Príncipe. Então voltará, com duzentas mil vezes mais felicidade do que tinha quando deixou Verona, aos prantos. Ama, vá na frente. Dê meus cumprimentos a Julieta, e diga a ela que apresse as pessoas da casa a irem para a cama. Tenho certeza de que todos estão tão tristes que não veem a hora de irem para seus aposentos, recolherem-se. Romeu irá logo mais.

AMA — Oh, Deus, eu poderia ficar aqui a noite inteira, para ouvir bons conselhos. Homens educados são tão valiosos! *[Vira-se para Romeu:]* Direi à senhorita que o senhor irá vê-la.

ROMEU — Faça isso, e peça a ela que se prepare para me repreender.

AMA — Aqui está o anel que ela me pediu para lhe entregar, senhor. Venha depressa, pois já está ficando tarde. *[Dá o anel a Romeu e sai.]*

ROMEU — Isso tudo me faz reviver!

FREI LOURENÇO — Vá, meu filho. Boa-noite. E lembre-se de que sua situação depende disso. Você deve sair antes da troca da guarda e se retirar antes de o dia raiar. Disfarçado, fugirá de Verona. Fique em Mântua. Acharei um jeito de encontrar seu criado e, de quando em quando, enviarei notícias sobre todas as coisas boas que acontecerem aqui. Dê-me sua mão. É tarde. Boa-noite. Adeus.

ROMEU — Se não fosse a alegria que me espera, eu ficaria triste em sair daqui com tanta pressa. Adeus, frei Lourenço.

Saem.

CENA IV
SALA NA CASA DOS CAPULETO.

Entram Capuleto, a senhora Capuleto e Páris.

CAPULETO — As coisas pioraram tanto, meu senhor, que ainda não tivemos tempo de convencer nossa filha. Ela era muito afeiçoada ao primo Tebaldo, assim como eu. Bem, nascemos para um dia morrer. Agora é muito tarde, e Julieta não sairá de seu quarto. Juro que, se não fosse sua companhia, eu já estaria na cama há uma hora.

PÁRIS — O momento da dor não é conveniente para fazer a corte a uma jovem. Senhora, boa-noite. Dê minhas recomendações a sua filha.

SENHORA CAPULETO — Farei isso. Amanhã bem cedo vou conversar com ela a seu respeito. Esta noite Julieta está de luto.

CAPULETO — Senhor Páris, farei uma aposta audaciosa do amor de minha filha. Acredito que ela se deixa dirigir por mim em tudo. Tenho certeza disso. Vá ao quarto dela, minha esposa, antes de se recolher. Conte-lhe sobre o amor de Páris e diga a ela que na próxima quarta-feira... Ei, esperem! Que dia é hoje?

PÁRIS — Segunda-feira, meu senhor.

CAPULETO — Segunda-feira! Ha, ha! Bem, quarta-feira é muito cedo. Será na quinta. Avise Julieta, querida esposa, que na quinta-feira ela se casará com este nobre conde. O senhor estará pronto? Aprova minha pressa? Bem, não faremos um grande evento... um ou dois amigos, porque, com a morte de Tebaldo, podem pensar que não nos importamos com ele, se fizermos uma grande festa. Portanto reuniremos meia dúzia de amigos e só. E então, concorda com a quinta-feira?

PÁRIS — Senhor, por mim eu caso amanhã.

CAPULETO — Bem, é melhor você ir. O casamento será na quinta-feira, então. *[Para a esposa:]* Vá até o quarto de Julieta e a avise o que está decidido. *[A Páris:]* Adeus, senhor. *[Aos criados:]* Levem uma vela acesa a meu quarto! *[A Páris:]* Já é tão tarde que daqui a pouco poderemos dizer que é cedo. Boa-noite.

Saem.

CENA V
MADRUGADA. QUARTO DE JULIETA.

Entram Romeu e Julieta.

JULIETA — Você já vai? O dia ainda demora a nascer. O som que você ouviu foi o do rouxinol, não o da cotovia. Todas as noites ele canta nos galhos do pé de romã. Acredite, meu amor, quem cantou foi o rouxinol.

ROMEU — Não foi ele, foi a cotovia, que anuncia a manhã. Observe, querida, os rastros de luz que atravessam as nuvens lá no nascente. As estrelas da noite se apagaram; o dia já aparece na ponta dos pés. Preciso partir e viver, pois, se ficar, morrerei.

JULIETA — Aquela luz não é do dia, acredite. É alguma estrela cadente que se desprendeu do Sol para iluminar seu caminho até Mântua. Por isso, espere. Você não precisa partir já.

ROMEU — Que me peguem, que me matem! Ficarei, se isso a faz feliz. Direi que aquela luz cinzenta é somente o pálido reflexo do rosto da Lua. Prefiro ficar a partir. Venha, morte, seja bem-vinda! Julieta quer assim. Como vai, alma minha? Vamos conversar. Não é dia ainda.

JULIETA [*Percebendo que amanhece.*] — Oh, sim, é dia! Saia daqui, vá embora, fuja! É a cotovia que canta assim fora do tom, fazendo esse barulho estridente. Algumas pessoas dizem que ela marca uma divisão suave entre o dia e a noite. Neste exato momento devem haver homens em seu encalço. Oh, vá agora. A luz do dia está cada vez mais forte.

ROMEU — Mais e mais luz. Mais e mais sofrimento para nós.

Entra a Ama.

AMA — Julieta!

JULIETA — Ama?

AMA — Sua mãe vem vindo para cá. O dia já raiou. Tome cuidado.

A Ama sai.

JULIETA — Então, janela, deixe o dia entrar e leve a vida para longe daqui.

ROMEU — Adeus, adeus! Dê-me um beijo e descerei.

Os dois se beijam. Romeu desce pela escada de cordas.

JULIETA — Já foi? Meu amor, meu marido, meu amigo! Quero ter notícias todos os minutos, porque um minuto contém muitos dias. Oh, se eu fizer a conta assim, estarei velha antes de ver o meu Romeu outra vez.

ROMEU — Adeus. Não perderei nenhuma chance de enviar meu amor a você.

JULIETA — Oh... Acredita realmente que ainda nos veremos?

ROMEU — Não tenho a menor dúvida! Os problemas de agora serão histórias que contaremos um ao outro quando envelhecermos.

JULIETA — Ah, Deus, tenho um mau pressentimento. Vendo-o aí embaixo, é como se eu visse um morto no fundo de uma sepultura. Ou minha vista falha, ou você está pálido.

ROMEU — Acredite em mim, querida: a meus olhos você também parece pálida. A tristeza nos tira a cor. Adeus! Adeus!

Sai.

JULIETA — Ah, fortuna, fortuna! Todos falam de sua inconstância. Se isso for mesmo verdade, o que você fará a Romeu, que é tão fiel? Seja inconstante, fortuna. Talvez assim você mande logo de volta o meu Romeu.

SENHORA CAPULETO *[Fora de cena.]* — Filha, filha! Já acordou?

JULIETA — Quem me chama? Minha mãe? Não se deitou ainda ou já acordou? Que estranho motivo a traz aqui a esta hora?

Entra a senhora Capuleto.

SENHORA CAPULETO [*Vendo a expressão de dor da filha:*] — O que houve, Julieta?

JULIETA — Não estou me sentindo bem.

SENHORA CAPULETO — Ainda chorando a morte de seu primo? Pensa que as lágrimas podem tirá-lo do túmulo? Mesmo que isso fosse possível, você não seria capaz de fazê-lo reviver. Portanto, pare de chorar. Um pouco de sofrimento mostra muito amor. Mas muito sofrimento faz você parecer tola.

JULIETA — Mesmo assim, deixe-me chorar essa enorme perda.

SENHORA CAPULETO — Você sente a perda, mas o homem pelo qual chora não sente mais nada.

JULIETA — Mas eu vou chorar por ele para sempre.

SENHORA CAPULETO — Bem, menina, não chore tanto a morte de seu primo. Chore por estar vivo o desgraçado que o matou.

JULIETA — Que desgraçado?

SENHORA CAPULETO — Aquele bandido, Romeu.

JULIETA [*Falando de lado, para a mãe não ouvir:*] — Romeu está muito longe de ser um bandido. [*Para a mãe:*] Que Deus o perdoe, porque eu já perdoei, com todo meu coração. Ainda assim, nenhum homem me causa mais sofrimento do que ele.

SENHORA CAPULETO — É porque esse traidor, esse assassino, ainda vive.

JULIETA — Sim, senhora, e bem longe do alcance de minhas mãos. Quisera eu ser a única a vingar a morte de meu primo!

SENHORA CAPULETO — Haveremos de vingá-lo. Por isso, sossegue. Não chore mais. Enviarei um criado a Mântua, onde esse exilado vive agora, para colocar veneno na bebida de Romeu. Ele logo fará companhia a Tebaldo. E então, espero, você ficará satisfeita.

JULIETA — Nunca estarei satisfeita com Romeu até vê-lo... morto. Morto é como meu coração fica quando lembro do meu pobre primo. Mãe, se encontrar um criado para levar o veneno até Romeu, eu mesma o prepararei, para que o assassino durma serenamente logo depois de tomá-lo. Oh, como odeio ouvir o nome de Romeu sem poder ir até onde ele está! Tenho vontade de pegar o amor que sentia por meu primo e atirá-lo no corpo do homem que o matou!

SENHORA CAPULETO — Encontre os meios de vingar Tebaldo e eu encontrarei o criado certo. Mas agora acalme-se. Vim trazer notícias animadoras.

JULIETA — Em um dia tão desanimador, nada melhor do que receber boas notícias. Quais são elas, minha mãe?

SENHORA CAPULETO — Bem, menina, você tem um pai atencioso. Para tirá-la dessa tristeza, ele pensou em lhe proporcionar um dia de alegria como nem eu mesma poderia imaginar.

JULIETA — Em boa hora, mas... que dia feliz é esse?

SENHORA CAPULETO — Quinta-feira! Na próxima quinta-feira, na igreja de São Pedro, o conde Páris, jovem e gentil, fará de você uma noiva feliz!

JULIETA — Pela igreja de São Pedro, e por São Pedro, ele não me fará uma noiva feliz. Essa pressa é estranha... Como posso me casar com esse homem se ele nem mesmo me cortejou? Por favor, senhora, diga a meu pai que não quero me casar ainda. E, quando for a hora, prefiro me casar com Romeu, a quem odeio, a me casar com Páris.

SENHORA CAPULETO — Aí vem seu pai. Diga-lhe isso frente a frente e verá como ele vai reagir.

Entram Capuleto e a Ama.

CAPULETO — Filha, por que ainda chora? Vai chorar para sempre? Nesse seu pequeno corpo você parece conter um navio, o mar e o vento. Seus olhos cheios de lágrimas são o mar. O navio é seu corpo, que navega na correnteza de suas lágrimas. O vento são seus suspiros. Eles e seu choro provocam tormentas e, a menos que você se acalme, vão dominar seu corpo e afundar seu navio. *[Para a esposa:]* Como estão as coisas? Você lhe falou sobre nossa decisão?

SENHORA CAPULETO — Sim, falei. Ela, no entanto, não concorda com o casamento. É uma tola!

CAPULETO — Calma, esposa. Deixe que eu entenda. Julieta não quer se casar? E ainda nos agradece? Não se sente orgulhosa? Não percebe que essa é uma bênção? Não se dá conta das qualidades do cavalheiro que escolhemos para seu noivo?

JULIETA — Agradeço por havê-lo encontrado. Estou orgulhosa de sua preocupação por mim. Mas não quero me casar com Páris.

CAPULETO — Ei, espere! Não estou compreendendo a sua lógica. Você está "orgulhosa" e "agradece", mas "não agradece" e "não se sente orgulhosa"? Na verdade, você não me agradece nem se sente orgulhosa. Vou usar minha autoridade de pai. E, como pai, você fará o que eu ordeno. Esteja pronta para a quinta-feira. Você irá à igreja de São Pedro para se casar com Páris. E, se não for por bem, eu a arrastarei até lá. Você me ofende, pequena impertinente!

SENHORA CAPULETO — Que vergonha, marido! Você enlouqueceu, Julieta? Se seu pai mandou, tem que casar!

JULIETA *[Ajoelha-se.]* — Bondoso pai, eu lhe peço de joelhos, seja paciente e ouça o que tenho a dizer.

CAPULETO — Imprestável! Desobediente! Ouça bem o que digo: vá quinta-feira à igreja ou não me olhe nunca mais. Não fale uma só palavra. Não responda. *[Julieta se levanta.]* Tenho vontade de bater em você. Pensávamos, minha esposa, que não tínhamos sido abençoados porque Deus só nos deu uma filha. Mas agora vejo que ela é um fardo. Que desgosto nos traz, Julieta!

AMA — Deus do céu a abençoe! O senhor não devia brigar com ela desse modo.

CAPULETO — Por quê, dona sabedoria? Cale a boca, velha. Vá tagarelar com suas comadres mexeriqueiras. Saia!

AMA — Eu não disse nada de errado.

CAPULETO — Ah, pelo amor de Deus!

AMA — Não posso falar?

CAPULETO — Cale a boca, resmungona estúpida! Fale com suas amigas fofoqueiras durante o almoço. Não precisamos ouvir o que tem a dizer.

SENHORA CAPULETO — O senhor está muito nervoso.

CAPULETO — Maldição! Isso me deixa louco. Dia e noite, hora após hora, o tempo todo, no trabalho, nas folgas, sozinho, acompanhado, minha prioridade sempre foi encontrar um marido para Julieta. Encontrei alguém de família nobre, bonito, jovem, bem-educado, cheio de boas qualidades. Um homem com que toda moça sonha. Mas esta estúpida, chorona, olha para sua boa sorte e diz: "Não vou me casar. Não consigo amar. Sou muito jovem ainda. Por favor, me desculpe". Muito bem, se você não quer se casar, eu a perdoo. Não aceito tanta desobediência. Não poderá mais viver sob meu teto. Pense bem. Não sou homem de brincadeiras. Quinta-feira está chegando. Ponha a mão no coração e ouça meu aviso. Se agir como minha filha, casará com meu amigo. Do contrário, pode esmolar, passar fome e morrer nas ruas. Juro por minha alma, nunca lhe pedirei para voltar nem farei nada por você. Acredite. Pense nisso. Sempre honro minha palavra.

Sai.

JULIETA — Não há piedade no céu que olhe para as profundezas da minha dor? Oh, doce mãezinha, não me expulse daqui! Adie esse casamento por um mês, uma semana. Ou, se isso for impossível, prepare um lugar para mim no túmulo onde Tebaldo foi enterrado.

SENHORA CAPULETO — Não fale comigo. Não direi uma só palavra. Faça o que quiser. Não tenho nada a ver com você, filha desobediente!

Sai.

JULIETA — Oh, meu Deus! Ama, como evitar essa situação? Meu marido está vivo, e meus votos como esposa estão no céu. Não posso casar com outro. Mesmo que quisesse e não quero! Dê-me algum conselho. Oh, não! Por que o céu brinca com alguém tão frágil como eu? O que me diz, Ama? Não tem nenhuma palavra de consolo? Me ajude!

AMA — O que tenho a dizer é: Romeu foi banido de Verona. E nunca voltará para disputá-la. E, caso volte, terá de ser disfarçado. Então, uma vez que as coisas são como são, penso que o melhor a fazer é casar com o conde. Ele é um cavalheiro educado! Comparado com ele, Romeu não passa de um jovem tosco. Maldiga meu coração, se quiser, mas penso que você será feliz nesse segundo casamento, porque é bem melhor do que o primeiro. E, mesmo que não fosse melhor, seu primeiro casamento acabou. Mesmo que Romeu fosse tão bom quanto Páris, você não teria como desfrutar da companhia dele, que não vive mais aqui.

JULIETA — Você fala de coração?

AMA — E de alma.

JULIETA — Amém.

AMA — Como?

JULIETA — Bem, você me consolou maravilhosamente. Vá dizer a minha mãe que, por ter aborrecido meu pai, fui ver frei Lourenço, para me confessar e ser absolvida.

AMA — Claro que darei o recado a sua mãe! Esta é uma decisão sábia.

Sai.

JULIETA — Maldita! O pior pecado dela é querer que eu quebre meus votos! E criticar meu marido depois de elogiá-lo tantas vezes. Fique longe de mim com seus conselhos, Ama. De agora em diante, nunca vou lhe dizer o que se passa em meu coração. Vou conversar com o frei e ver se encontro uma solução. Se tudo o mais falhar, ao menos terei o poder de tirar minha própria vida.

Sai.

QUARTO ATO

CENA I
APOSENTOS DE FREI LOURENÇO.

Entram frei Lourenço e Páris.

FREI LOURENÇO — Quinta-feira, senhor? O prazo é muito curto.

PÁRIS — Foi o pai da noiva, o senhor Capuleto, que quis assim, e não pretendo mudar a data.

FREI LOURENÇO — Mas você me disse que ainda não sabe o que Julieta resolveu. Não considero correto esse procedimento. Não gosto dele.

PÁRIS — Julieta chora sem parar a morte de Tebaldo, e por isso pouco lhe falei sobre o amor. O pai dela considera perigoso vê-la entregue assim à tristeza. Por isso, em sua sabedoria, apressou o casamento, para animar a filha. Agora o senhor conhece o motivo de tanta pressa.

FREI LOURENÇO [*À parte:*] — Quisera não saber o motivo pelo qual esse casamento deveria ser adiado. [*A Páris:*] Veja, conde: aí vem Julieta.

Julieta entra.

PÁRIS — Feliz encontro, minha dama e esposa!

JULIETA — Esse pode ser o caso, senhor, depois que eu me casar.

PÁRIS — Bem, isso acontecerá na quinta-feira.

JULIETA — O que tiver de ser será.

FREI LOURENÇO — Este é um ditado certeiro.

PÁRIS — Veio se confessar?

JULIETA — Se responder, estarei me confessando com você.

PÁRIS — Tenho certeza de que também confessará que me ama.

JULIETA — Se eu fizesse isso, seria melhor não falar na sua frente, mas às suas costas.

PÁRIS — Pobre alma... Seu rosto está marcado pelas lágrimas.

JULIETA — Antes delas, meu rosto já era feio.

PÁRIS — Ao falar assim, você maltrata seu rosto mais do que com suas lágrimas.

JULIETA — Eu não disse uma calúnia, senhor. Falei apenas a verdade.

PÁRIS — Seu rosto é meu, e você o caluniou.

JULIETA — Pode ser, pois meu rosto não me pertence. O senhor tem tempo agora, santo padre? Ou devo voltar no final da tarde, para a missa?

FREI LOURENÇO — Tenho tempo agora, minha triste filha. *[Vira-se para Páris:]* Senhor, preciso pedir que nos deixe a sós.

PÁRIS — Deus me impeça de perturbar a sagrada confissão! Julieta, irei acordá-la na quinta-feira, bem cedinho. *[Dá um beijo nela.]* Até lá, adeus, e fique com este beijo puro.

Sai.

JULIETA — Oh, feche a porta, frei! E depois disso venha chorar comigo. Não há mais esperança, nem remédio, nem socorro.

FREI LOURENÇO — Ah, Julieta, já sei por que você está tão triste. Não sou capaz de resolver um problema tão grande. Ouvi dizer que você será obrigada a se casar com o conde na quinta-feira, e que nada irá adiar a cerimônia.

JULIETA — Ah, frei, não diga que já ouviu falar nesse casamento, a menos que possa me dizer como evitá-lo. Se o senhor, que é tão sábio, não puder ajudar, por favor, seja gentil o bastante para considerar sábia a minha decisão. *[Mostra um punhal ao frei.]* Resolverei o problema agora mesmo, com este punhal. Deus uniu meu coração ao de Romeu. O senhor nos uniu pelo casamento. E, antes que eu me case com outro, prefiro me matar. O senhor é sábio e tem bastante experiência. Dê-me algum conselho sobre a atual situação. Não demore muito. Prefiro morrer se o senhor não oferecer outra solução.

FREI LOURENÇO — Nunca, filha, nunca! Ainda há esperança, mas precisamos agir com audácia porque a situação é desesperadora. Se você se convenceu a morrer em vez de se casar com o conde Páris, então provavelmente estará disposta a tentar a morte para resolver este difícil problema. Se tiver coragem suficiente, eu tenho a solução.

JULIETA — Farei seja o que for sem medo a fim de me manter pura para meu doce amor.

FREI LOURENÇO — Faça o seguinte: vá para casa, finja que está contente e diga que concorda em se casar com Páris. Amanhã é quarta-feira. À noite, assegure-se de estar sozinha e não deixe a Ama entrar no quarto. [*Mostra um frasco para Julieta.*] Quando estiver deitada, pegue este frasco, misture o conteúdo com licor e beba. Uma droga fria e indutora de sono correrá por suas veias, e seu pulso vai parar. Seu corpo esfriará e você não conseguirá respirar. Seu rosto e seus lábios empalidecerão, e seus olhos ficarão fechados. Será como se você estivesse morta. Nenhum movimento será possível, e seu corpo estará rígido como um cadáver. Você permanecerá nesse estado por 24 horas, e então acordará como se despertasse de um sono agradável. Mas quando Páris for tirá-la da cama na quinta-feira de manhã, você parecerá morta. Então, como a tradição manda, irão vesti-la com suas melhores roupas, colocá-la num caixão e levá-la ao túmulo dos Capuleto. Nesse meio tempo enviarei a Romeu um recado, contando sobre nossos planos. Ele virá para Verona, e nós esperaremos seu despertar. Assim que isso acontecer, Romeu a levará para Mântua. Isso a livrará da terrível situação em que se encontra. Mas você não pode mudar de ideia nem se apavorar, para não arruinar tudo!

JULIETA — Dê-me o frasco, e verá se tenho medo.

FREI LOURENÇO — [*Entrega o frasco.*] Aqui está. Agora vá! Mantenha-se firme nessa decisão. Vou enviar alguém a Mântua, com uma carta minha para seu marido.

JULIETA — O amor me dá forças! O amor me ajudará a cumprir o plano. Adeus, querido padre.

Saem.

CENA II
SALA NA CASA DOS CAPULETO.

Entram Capuleto, Senhora Capuleto, Ama e criados.

CAPULETO [*Dando ao Primeiro Criado um pedaço de papel:*] — Convide as pessoas desta lista. [*O criado pega o papel e sai.*

Capuleto vira-se para o Segundo Criado:] Você, garoto, encontre e contrate vinte cozinheiros de primeira linha.

SEGUNDO CRIADO — Garantirei que sejam os melhores cozinheiros. Eu os farei passar por um teste, para verificar se eles sabem lamber os dedos.

CAPULETO — E isso indicará se são bons cozinheiros?

SEGUNDO CRIADO — Claro, senhor. Um bom cozinheiro sabe lamber os dedos. Por isso, aqueles que não souberem fazer isso não virão.

CAPULETO — Perfeito. Agora pode ir. *[O Segundo criado sai.]* Não estávamos preparados para a festa de casamento, e o prazo é curto. É verdade que minha filha foi se confessar com frei Lourenço?

AMA — Sim, é verdade.

CAPULETO — Bem, talvez ele lhe dê bons conselhos. Julieta é muito teimosa.

Julieta entra.

AMA — Vejam só! Ela voltou da confissão com uma aparência ótima.

CAPULETO — E então, minha filha, fale sobre seu encontro com o frei Lourenço. Ele lhe deu bons conselhos?

JULIETA — Aprendi que desobedecer meu pai é um pecado grave. O santo frei Lourenço me orientou a ajoelhar e pedir perdão, meu pai. *[Ajoelha-se.]* Perdoe-me. De agora em diante farei tudo o que o senhor disser.

CAPULETO — Mandem um criado à casa do conde, para contar a novidade! Esse casamento acontecerá amanhã cedo.

JULIETA — Encontrei o conde nos aposentos de frei Lourenço. Tratei-o com amor, tanto quanto fui capaz, mas sem ultrapassar os limites do bom comportamento.

CAPULETO — Ora, isso me alegra muito. Que ótimo! Levante-se, filha. *[Julieta se levanta.]* É assim que as coisas devem ser. Quero ver o conde. *[A um criado:]* Vá buscar Páris. Bom Deus, a cidade toda tem com esse frade uma grande dívida!

JULIETA — Mãe, quer ir comigo até meu quarto, para me ajudar a escolher as roupas e as joias que devo usar na cerimônia?

SENHORA CAPULETO — Não, agora não. Ainda temos muito tempo.

CAPULETO — Vá com Julieta, Ama. Estou tão feliz que antecipei esse casamento. Ele será celebrado amanhã.

Julieta e a Ama saem.

SENHORA CAPULETO — Não temos provisões suficientes para a festa. E não podemos adquiri-las, pois já é quase noite.

CAPULETO — Não se preocupe. Vou cuidar de tudo e prometo que as coisas ficarão bem. Vá ao quarto de Julieta, para ajudá-la a se preparar. Passarei a noite acordado. Deixe-me sozinho. Vou fazer o papel de dona de casa ao menos uma vez na vida. *[A Senhora Capuleto sai.]* Ei, onde estão os criados? Foram embora? Bem, não faz mal. Irei eu mesmo à casa do conde Páris para pedir-lhe que esteja pronto amanhã cedo. Meu coração está feliz porque Julieta voltou atrás e decidiu se casar. E quanto antes, melhor!

Capuleto sai.

CENA III
QUARTO DE JULIETA.

Entram Julieta e a Ama.

JULIETA — Sim, essas são minhas roupas mais bonitas. Agora, gentil Ama, me deixe sozinha. Esta noite farei muitas orações, para que o céu me abençoe. Bem sabe que estou atormentada e cheia de pecados.

Entra a Senhora Capuleto.

SENHORA CAPULETO — Nossa, você está mesmo ocupada, filha... Precisa de minha ajuda?

JULIETA — Não, minha mãe. Já escolhemos as melhores peças para a cerimônia de amanhã. Assim, se não se importar, eu gostaria de ficar só. A Ama estará à sua disposição esta noite. Tenho certeza de que há muito a fazer para a festa de casamento, e ela pode auxiliar.

SENHORA CAPULETO — Então, boa-noite, filha. Vá para a cama e descanse.

Saem a Senhora Capuleto e a Ama.

JULIETA — Adeus! Quem sabe quando nos encontraremos de novo? Há um medo frio em minhas veias. Tenho vontade de chamá-las de volta para me reconfortar. Ama! Oh... que ela faria aqui? Nesta situação desesperada, terei de agir sozinha. Muito bem, eis o frasco com a mistura e o licor. *[Pega o frasco e o licor, com uma taça.]* Mas... e se ela não funcionar? Terei de me casar amanhã cedo? Não, não. Este punhal resolverá o problema. Fique aqui. *[Coloca um punhal a seu lado.]* E se o frei pôs veneno neste frasco? E se estiver preocupado com a própria desgraça se eu me casar com Páris, tendo sido casada, por ele, com Romeu? Receio que este líquido seja veneno... Não, não deve ser, porque o frei é um homem santo e de confiança. Mas... e se eu acordar na tumba antes que Romeu apareça para me salvar? Essa é uma possibilidade assustadora. Sufocarei no túmulo? O ar, lá, não é saudável. Morrerei asfixiada antes da chegada de Romeu? Se eu sobreviver, estarei cercada pela morte e pela escuridão. Dizem que à noite os espíritos visitam as tumbas. Ouvirei gritos capazes de deixar maluca qualquer pessoa. Se eu acordar antes da hora, ficarei louca com todas essas coisas horríveis a meu redor? Começarei a brincar com os ossos dos meus antepassados, e tirarei Tebaldo de seu leito de morte? Agarrarei um dos ossos e com ele golpearei minha cabeça? Oh, olhem! Acho que vi o fantasma do primo Tebaldo... Está à procura de Romeu porque Romeu o matou. Tebaldo, espere! Romeu, já vou! Está vendo esta poção? Eu bebo em sua homenagem. *[Bebe o conteúdo do frasco e cai na cama, fechada por cortinas.]*

CENA IV
SALA DA CASA DOS CAPULETO.

Entram a Senhora Capuleto e a Ama.

SENHORA CAPULETO — Pegue estas chaves e procure mais temperos, Ama.

AMA — Os cozinheiros que preparam a massa pediram tâmaras e marmelo.

Entra Capuleto.

CAPULETO — Vamos! Mais rápido! Mexam-se! O segundo galo já cantou! São três horas. Cuide da carne assada, boa Angélica. Não economize nada.

AMA — Vá embora, está igual a uma dona de casa velha. Vá para a cama. Do contrário, amanhã o senhor estará doente.

CAPULETO — Você está enganada. Ora, já fiquei acordado muitas noites, e por motivos bem menos importantes. Nunca adoeci por isso.

SENHORA CAPULETO — Na juventude tudo é possível. Mas agora deve descansar. Eu, ao menos, preciso dormir!

Saem a Senhora Capuleto e a Ama.

145

CAPULETO — Ah, elas têm é inveja! Mulheres invejosas! *[Entram três ou quatro criados, com espetos, lenha e cestos.]* Que há aí dentro?

PRIMEIRO CRIADO — Coisas que o cozinheiro pediu, senhor. Não sei do que se trata.

CAPULETO — Mais depressa! Mais depressa! *[O Primeiro Criado sai.]* E você, garoto, traga lenha seca. Fale com Pedro, que vai mostrar onde colocá-la.

SEGUNDO CRIADO — Sou inteligente, senhor, e posso achar o depósito de lenha sozinho. Não vou incomodar Pedro por causa disso.

Sai.

CAPULETO — Mas que resposta boa! O sem-vergonha é esperto. Meu Deus, já é dia! O conde logo chegará com os músicos. Ele disse que o faria. *[Ouve-se música.]* Já ouço a música! Ama! Esposa! Onde estão vocês? Ama, venha! *[A Ama entra de novo.]* Acorde Julieta e a ajude-a se vestir. Vou conversar com Páris. Vá depressa! Depressa! O noivo já chegou. Mais depressa, eu disse!

Saem.

CENA V
QUARTO DE JULIETA.

Entra a Ama.

AMA — Senhorita! Bom-dia! Julieta! Aposto como ainda está dormindo. Ei, menina? Ora, que dorminhoca! Então, amor? Querida! Noiva! Ei, não me diz nada? Já sei: este é seu sono de beleza. Você merece uma semana de sono. Amanhã à noite, aposto, o conde Páris não lhe dará descanso. Deus me perdoe. Amém. Mas que sono profundo! Preciso despertá-la. Julieta, vai deixar que o conde a encontre na cama? Ele a acordará, tenho certeza. *[Abre as cortinas.]* O quê? Já está vestida, mas ainda dorme. Tenho de acordá-la. Julieta, Julieta! *[Percebe que está morta.]* Oh, não! Socorro! Socorro! Julieta está morta! Maldito o dia em que nasci! Meu senhor! Minha senhora!

A Senhora Capuleto entra.

SENHORA CAPULETO — Que barulho é esse?
AMA — Oh, que dia lamentável!
SENHORA CAPULETO — O que aconteceu?

AMA — Olhe, senhora. Olhe! Oh, dia infeliz!

SENHORA CAPULETO — Oh, não! Minha filha, minha única filha, minha razão de viver! Ressuscite, olhe para mim, ou morrerei com você. Socorro! Peçam ajuda!

Entra Capuleto.

CAPULETO — Que vergonha! Façam Julieta vir logo, porque o noivo já chegou.

AMA — Ela está morta! Faleceu! Maldito dia!

SENHORA CAPULETO — Maldito dia! Ela está morta, morta, morta!

CAPULETO — Está gelada. O sangue não corre mais e as juntas estão duras. A vida e esses lábios estão separados há muito tempo. A morte se apossou dela!

AMA — Oh, dia lamentável!

SENHORA CAPULETO — Oh, que dor!

CAPULETO — A morte a tirou de mim!

Entram frei Lourenço e Páris, com músicos.

FREI LOURENÇO — A noiva já está pronta para ir à igreja?

CAPULETO — Sim, para ir à igreja, mas nunca mais voltará. *[Para Páris:]* Filho, a morte, na véspera do seu casamento, buscou sua noiva. Ela jaz ali. A morte tornou-se minha parente, minha herdeira. Cortejou minha filha e a levou para si mesma! Vou morrer e levar tudo comigo: vida, bens, tudo é da morte.

PÁRIS — Esperei tanto por este dia, e no final ele me deu essa tristeza?

SENHORA CAPULETO — Dia maldito, infeliz, odioso! Essa é a hora mais triste de todos os tempos. Tive uma só filha, pobre filha, tão amada, a única pessoa que eu tinha para me alegrar e consolar, e a morte cruel a arrancou de mim!

AMA — Ah, dia triste! Triste, tristíssimo! O dia mais terrível e lamentável de toda a minha vida. Ah, que dia... Que dia! Odioso! Nunca vi dia tão sombrio como este. Ah, dia triste!

PÁRIS — Ela foi iludida, esmigalhada, ofendida, ferida! Morte detestável, você a ludibriou, morte cruel, e a destruiu! Ah, amor! Ah, vida! Não, vida não, mas amor na morte!

CAPULETO — Desprezado, chocado, enojado, martirizado, morto! Tempo cruel, por que você veio matar nossa solenidade? Oh, filha! Filha, não: minha alma! Está morta! Minha filha já não vive, e com ela será sepultada minha alegria.

FREI LOURENÇO — Calma, por favor! Lamentos e gritos não ajudarão. Os senhores tiveram esta bela jovem com a ajuda do céu. Agora o céu a possui. Julieta está num lugar melhor. Ninguém poderia evitar que ela morresse, mas o céu lhe dará vida eterna. Vocês esperavam que ela tivesse um rico casamento. Essa era sua ideia de paraíso. E agora choram, embora ela tenha subido além das nuvens, tão alto como o próprio céu? Os senhores amaram esta filha da maneira errada e agora enlouquecem por ela estar no céu? É melhor casar bem e morrer cedo do que permanecer casada e infeliz durante muito tempo. Enxuguem suas lágrimas e cubram este lindo cadáver. E, de acordo com os costumes, levem seu corpo à igreja com suas melhores roupas. É natural chorar por ela, mas a verdade é que deveríamos estar felizes.

CAPULETO — Tudo o que preparamos para a festa será usado no funeral. A música, em vez de animada, será triste. O banquete de casamento, uma refeição de luto. Nossos hinos solenes, cantos fúnebres. As flores servirão de enfeite para o cadáver. Todas as coisas se transformarão em seu contrário.

FREI LOURENÇO — Agora vá, senhor. Saia com ele, senhora, Acompanhe-os, conde Páris. Que todos se preparem para levar este belo corpo à tumba. O céu ameaça punir a todos pelos pecados cometidos. Respeitem a vontade de quem é superior a nós, frágeis seres humanos!

Saem Capuleto, a Senhora Capuleto, Páris e o Frei.

SEGUNDO MÚSICO — Venham, vamos entrar e acompanhar o velório!

Saem.

QUINTO ATO

CENA I
RUA EM MÂNTUA.

Entra Romeu.

ROMEU — Se eu confiar em meus sonhos, alguma notícia alegre deverá chegar. O amor rege meu coração. Durante o dia todo um estranho sentimento me animou. Sonhei que minha esposa veio aqui e me encontrou morto. Sonho esquisito, esse, que permite a um morto pensar! Ela apareceu e me trouxe de volta à vida com um beijo. Ressuscitei, e era um imperador. Ah... Como seria doce ter realmente a jovem que amo a meu lado! Fico feliz só em pensar no amor! *[Entra Baltasar, criado de Romeu.]* Ah, você vem com notícias de Verona! Que há, Baltasar? Dessa vez não me trouxe as cartas de frei Lourenço? Como está minha esposa? E meu pai? Minha Julieta vai bem? Se sim, nada pode ir mal.

BALTASAR — Ela está bem, senhor, e nada vai mal. O corpo de Julieta dorme na tumba dos Capuleto, e sua alma imortal vive com os anjos no céu. Eu a vi no túmulo da família e vim lhe dar a notícia. Perdão por trazer uma notícia tão triste, mas o senhor me disse que esse era meu trabalho.

ROMEU — É verdade? É verdade o que diz? Então desafio as estrelas, que sabem onde eu vivo. Baltasar, arrume papel e tinta, e prepare alguns cavalos. Vou para Verona esta noite.

BALTASAR — Senhor, tenha paciência. Está pálido e nervoso e pode prejudicar a si mesmo.

ROMEU — Você está muito enganado. Vá e faça o que mandei. Não trouxe mesmo nenhuma carta de frei Lourenço?

BALTASAR — Não, meu senhor.

ROMEU — Não importa. Vá e prepare os cavalos. Irei encontrar com você em minutos. *[Baltasar sai.]* Julieta, vou me deitar a seu lado esta noite. Sem você, como posso viver? Pensamentos destrutivos vêm depressa à mente de homens desesperados! Há um boticário que vive aqui perto. Veste roupas surradas e tem sobrancelhas bem grossas. Usa ervas para fazer medicamentos. Parece pobre, e a miséria o corroeu até os ossos. Em sua botica estão dependurados uma casca de tartaruga, um jacaré empalhado e peles de peixes estranhos. Há poucas caixas vazias nas prateleiras, potes verdes de argila e algumas sementes mofadas. Na vitrine há alguns fios de corda e pétalas de rosa amassadas. Observando toda essa penúria, eu disse a mim mesmo: "Se um homem precisar de um veneno, aí está um desgraçado que o venderia", mesmo sabendo que poderia ser condenado à morte por vendê-lo! Essa ideia me veio antes de eu precisar do veneno, que coincidência triste! É ele! Esse pobre homem vai me vender o veneno. [*Anda.*] Se não me engano, esta é a casa. Hoje é feriado e por isso a botica está fechada. Ei, boticário!

O boticário entra.

BOTICÁRIO — Quem está gritando aí fora?

ROMEU — Venha cá, homem. Vejo que é pobre... Aqui está uma bela soma. [*Oferece uma bolsa de moedas.*] Preciso de uma dose de veneno, algo que funcione tão rapidamente que quem o tomar morra tão depressa como a pólvora explode num canhão.

BOTICÁRIO — Tenho um veneno que é tão mortal quanto descreve. Mas vendê-lo em Mântua é contra a lei, e a pena é a morte.

ROMEU — Você vive nessa pobreza e ainda tem medo de morrer? Seu rosto é magro por causa da fome. Posso ver isso em seus olhos. Qualquer pessoa consegue ver que está na miséria. O mundo não é seu amigo, nem a lei. O mundo não faz leis para que você fique rico. Assim, livre-se da pobreza. Esqueça a lei e pegue este dinheiro. [*Oferece as moedas ao homem.*]

BOTICÁRIO — Aceito porque sou pobre, não porque eu queira.

ROMEU — Pago porque você é pobre, não porque queira me vender o veneno.

BOTICÁRIO [*Dando o veneno a Romeu.*] — Ponha isto em qualquer líquido e beba. Mesmo que você seja forte como vinte homens, o veneno irá matá-lo no mesmo instante.

ROMEU [*Entrega as moedas ao boticário.*] — Eis seu ouro. O dinheiro comete mais assassinatos neste mundo horrível do que os piores venenos. Esqueça que negociou comigo, eu não direi uma palavra. Adeus. Compre comida e ponha mais carne sobre seus ossos. Levarei esta mistura, que é medicamento, não veneno, ao túmulo de Julieta. É lá que vou usar isso.

Saem.

CENA II
VERONA. APOSENTOS DE FREI LOURENÇO.

Entra frei João.

FREI JOÃO — Santo irmão franciscano! Olá, irmão!

Entra frei Lourenço.

FREI LOURENÇO — Essa voz parece ser a de frei João. Ele veio de Mântua! *[Para frei João:]* Bem-vindo! E então, o que Romeu disse? Ou, se preferiu responder por escrito, me entregue sua carta.

FREI JOÃO — Fui procurar um frade de nossa ordem de pés descalços, que visita os doentes, para ir comigo a Mântua. Mas os guardas da cidade onde ele vive, suspeitando que ambos houvéssemos estado numa casa em que reina a peste, fecharam as portas, impedindo-nos de sair. Assim, não pude ir a Mântua.

FREI LOURENÇO — Então, quem levou minha carta para Romeu?

FREI JOÃO — Não pude enviá-la nem consegui um portador para levá-la. Estão todos com medo da peste. *[Estende um envelope a frei Lourenço.]* Aqui está a carta.

FREI LOURENÇO — Que falta de sorte! Esta carta não é nada agradável, mas muito importante. O atraso pode ter consequências terríveis. Frei João, consiga uma alavanca de ferro. Depressa!

Sai.

FREI LOURENÇO — Agora terei de ir sozinho ao túmulo. Daqui a três horas Julieta acordará. Vai ficar magoada porque Romeu não ficou sabendo o que houve. Vou escrever de novo para Mântua e esconder Julieta em meus aposentos até Romeu chegar.

Sai.

CENA III
TÚMULO DOS CAPULETO, NO CEMITÉRIO.

Entram Páris e seu Pajem, com flores e uma tocha.

PÁRIS — Dê-me a tocha, rapaz, e se afaste de mim. Melhor: apague-a, pois não quero ser visto. Deite-se embaixo do cipreste e apure os ouvidos, encostando-os no chão. Desse modo, se alguém se aproximar, você ouvirá os passos. Se isso acontecer, assobie, para me alertar. Entregue-me as flores. Faça o que mandei. Vá.

PAJEM [*À parte:*] — Ficar sozinho num cemitério me dá um pouco de medo.

Sai.

PÁRIS — [*Espalhando as flores na tumba fechada de Julieta.*] Minha doce flor, ponho flores em teu leito nupcial... Ah, infortúnio!

157

Todas as noites vou trazer flores e chorar. [*O Pajem assobia.*] O menino me avisa que alguém se aproxima. Que pé maldito pisa este caminho durante a noite, para perturbar meus ritos funerários e meu amor puro? E quem vem chegando traz uma tocha! Vou me esconder na escuridão da noite para saber quem é!

Retira-se. Entram Romeu e Baltasar, com uma tocha, uma picareta e outras ferramentas.

ROMEU — Dê-me a alavanca e a picareta. [*Pega as ferramentas e entrega ao criado um envelope.*] Está vendo esta carta? Assim que o dia raiar, entregue esta carta a meu pai. A tocha, por favor. Jure por sua vida que ficará longe de mim, não importa o que veja ou ouça. Não me interrompa! Vou descer à sepultura para contemplar o rosto de minha esposa. Vá embora. Se a curiosidade o vencer e você voltar para me espionar, juro partir seu corpo em pedaços e atirá-los por aí, para servir de alimento aos animais famintos do cemitério.

BALTASAR — Vou embora, senhor. Não quero atrapalhar.

ROMEU — É desse modo que você prova sua amizade. [*Entrega dinheiro ao criado.*] Pegue, viva e prospere. Adeus, meu bom amigo.

BALTASAR [*À parte:*] — Apesar do que eu disse, vou me esconder por aqui. O olhar de meu amo me assustou. Desconfio de suas intenções.

Sai.

ROMEU — [*Fala ao túmulo:*] Horrível boca da morte, você engoliu a mais querida criatura da Terra. Agora vou obrigá-la a devorar outro corpo. [*Força a abertura da tumba com as ferramentas. O corpo de Julieta é exposto.*]

PÁRIS [*Falando baixo, para Romeu não ouvir:*] — Este é o arrogante Montecchio, banido por ter matado Tebaldo, primo de minha amada. Pensam que ela morreu em consequência do sofrimento causado pela perda do primo. Esse sujeito ainda veio cometer crimes medonhos contra os cadáveres? [*Para Romeu:*] Pare com seu maldito trabalho, Montecchio desgraçado! Vai se vingar de cadáveres? Condenado miserável, venha aqui! Obedeça! Você deve morrer.

ROMEU — Sim, devo morrer, e por isso vim até aqui. Bom e nobre jovem, não mexa com alguém que está desesperado. Saia daqui e me deixe sozinho. Pense naqueles que perderam a vida. Que eles ponham medo em seu coração. Por favor, jovem, não me irrite. Não pretendo cometer outro crime. Oh, vá embora! Juro que o amo mais do que amo a mim mesmo. Vim para cá com armas que usarei contra mim. Não fique aqui. Vá. Viva e, de agora em diante, diga que um louco, por compaixão, disse-lhe para fugir.

PÁRIS — Rejeito seu pedido. Está preso, é um criminoso.

ROMEU — Está me provocando? Então se defenda, rapaz!

Pegam as espadas e lutam.

PAJEM — Deus do céu, eles estão se batendo! Vou chamar a guarda.

Sai.

PÁRIS *[Cai.]* — Estou morto! Se você tiver um pouco de compaixão, abra a tumba e me deite ao lado de Julieta. *[Morre.]*

ROMEU — Farei isso. Mas primeiro deixe-me olhar esse rosto que mal vi na escuridão. Oh, o nobre conde Páris, primo de

Mercúcio! Que disse meu criado, quando vínhamos para cá e minha alma atormentada não o ouvia? Disse-me que Páris e Julieta iam se casar? Foi isso? Ou terei sonhado? Ou enlouqueci e, ao ouvi-lo falar sobre Julieta, imaginei essa história de casamento? Vou sepultá-lo num túmulo glorioso. Colocarei você ali, um morto sepultado por outro morto. *[Ajeita o corpo de Páris no túmulo.]* Muitas vezes os homens se mostram felizes pouco antes de morrer. Chamam a isso de "euforia pré-morte". Oh, como posso chamar este bom humor? Ah, meu amor! Minha esposa! A morte roubou o mel de seu hálito, mas ainda não arruinou sua beleza. Não a conquistou. Ainda há cor em seus lábios e em seu rosto. A morte ainda não os tornou pálidos. Tebaldo, você está aí, em sua mortalha ensanguentada? Que melhor favor lhe posso fazer senão matar o homem que o matou? Perdoe-me, primo! Julieta querida, por que você ainda está tão linda? Nunca deixarei este túmulo. Descansarei aqui para sempre. Esquecerei a má sorte que me perturbava. Olhos, olhem pela última vez! Braços, deem seu último abraço! Lábios, portas da respiração, selem com um beijo virtuoso o acordo eterno que fiz com a morte. *[Romeu beija Julieta e pega o frasco de veneno.]* Venha, veneno amargo, venha! Um brinde à minha amada! *[Romeu toma o veneno.]* Morro com um beijo.

Romeu morre. Do outro lado do cemitério, entra frei Lourenço, com uma lanterna, uma alavanca e uma enxada.

FREI LOURENÇO — São Francisco, por favor, me ajude! Quantas vezes esta noite meus velhos pés tropeçaram em túmulos? Ei! Quem está aí?

BALTASAR — Um amigo que o conhece bem.

FREI LOURENÇO — Deus o abençoe. Diga-me, meu bom amigo, o que é aquela luz, que em vão ilumina a escuridão? Parece que ela está na tumba dos Capuleto.

BALTASAR — É lá que a tocha arde, padre. Meu senhor, de quem o frei tanto gosta, lá se encontra.

FREI LOURENÇO — Quem é ele?

BALTASAR — Romeu.

FREI LOURENÇO — Há quanto tempo ele está ali?

BALTASAR — Exatamente há meia hora.

FREI LOURENÇO — Venha comigo até a tumba.

BALTASAR — Não ouso, senhor. Meu amo pensa que fui embora e me ameaçou de morte se eu o vigiasse.

FREI LOURENÇO — Fique, então. Irei sozinho. O medo começa a me dominar. Temo que algo grave tenha acontecido.

BALTASAR — Dormi sob aquela árvore e sonhei que meu senhor e outro homem lutavam. Meu amo o matou.

FREI LOURENÇO *[Adianta-se.]* — Romeu! Que sangue é esse que mancha a entrada de pedra deste sepulcro? O que significam estas espadas ensanguentadas e sem espadachins, que não combinam com este recanto de paz? *[Entra na tumba.]* Romeu! Como está pálido! Quem mais está aqui? Páris também? Encharcado de sangue? Em que momento esta tragédia aconteceu? Oh, Julieta está se mexendo!

Julieta acorda.

JULIETA — Meu bom frade, onde está meu marido? Lembro bem onde eu devia estar, e aqui me encontro. Mas onde está Romeu?

Ouve-se um ruído.

FREI LOURENÇO — Ouço barulho. Julieta, saia desse ninho de morte. Um poder muito forte e invencível arruinou nossos planos. Venha, venha logo. Seu marido está logo ali, morto. Páris, também. Venha depressa. Vou levá-la para um convento de freiras piedosas. Não faça perguntas agora. A guarda vem vindo. Vamos embora, bondosa Julieta. Não ouso ficar aqui nem mais um segundo.

JULIETA — Pode ir, frei. Quanto a mim, não vou a lugar nenhum. *[Frei Lourenço sai.]* O que é isto que está na mão de meu amado? Um cálice. Vejo que um veneno o levou à morte. Que mal-educado! Bebeu tudo e não deixou nem uma gota para me dar alívio? Vou beijar-lhe os lábios. Talvez um pouco do veneno tenha ficado neles, e me tirará a vida. *[Beija Romeu.]* Seus lábios estão quentes, amor.

PRIMEIRO GUARDA — Vamos, rapaz, me sirva de guia. Qual é o caminho?

JULIETA — Há ruído lá fora. Preciso ser rápida. Oh, um punhal! Que maravilha! *[Pega o punhal de Romeu.]* Meu corpo é sua bainha! *[Apunhala a si mesma. Cai sobre o corpo de Romeu e morre.]*

Entram os homens da guarda, com o pajem de Páris.

PAJEM — O lugar é este, onde a tocha ainda queima.

PRIMEIRO GUARDA — Há sangue pelo chão. Vasculhem todo o cemitério. Se encontrarem alguém, prendam! *[Saem alguns guardas.]* Ah, que visão mais dolorosa! O conde foi assassinado e Julieta, que há dois dias foi sepultada aqui, sangra, com o corpo ainda quente, como se tivesse sido morta há alguns minutos. Avisem o Príncipe! Chamem os Capuleto e os Montecchio! Depressa! *[Saem outros guardas.]* Este é o solo onde a tragédia aconteceu. Mas o verdadeiro terreno desta desgraça só descobriremos depois de uma investigação detalhada.

Voltam alguns guardas, com Baltasar.

SEGUNDO GUARDA — Este é o criado de Romeu. Nós o encontramos dentro do cemitério.

PRIMEIRO GUARDA — Prenda-o e mantenha-o em segurança até o Príncipe chegar.

Volta outro guarda, com frei Lourenço.

TERCEIRO GUARDA — Aqui está um frade que treme, suspira e chora. Carregava esta enxada e esta alavanca. Vinha deste lado do cemitério.

PRIMEIRO GUARDA — Um grande suspeito. Prendam também o frade.

Entra o Príncipe com seu séquito.

PRÍNCIPE — Que desgraça aconteceu aqui, que me tirou do descanso de meu leito?

Entram Capuleto, a Senhora Capuleto e outros.

CAPULETO — Que houve? Por que esses gritos por toda parte?

SENHORA CAPULETO — Pelas ruas as pessoas gritam o nome de Romeu. Outros, o de Julieta. Outros, o de Páris. E todos correm, aos berros, para o cemitério.

PRÍNCIPE — Que horror é esse que faz as pessoas gritarem tanto?

PRIMEIRO GUARDA — Príncipe, aqui está o conde Páris, morto. Romeu também está morto, e Julieta, que falecera antes, tem o corpo quente e está morta de novo.

PRÍNCIPE — Investiguem, procurem por toda parte e descubram como esse trágico morticínio ocorreu.

PRIMEIRO GUARDA — Aqui estão um frade e o criado de Romeu. Carregavam ferramentas próprias para abrir o túmulo dos mortos.

CAPULETO — Oh, céus! Esposa, veja como nossa filha sangra! Enganou-se o punhal; sua bainha está vazia às costas de Montecchio. Foi colocado no peito de nossa filha!

SENHORA CAPULETO — Ai de mim! Esta visão da morte é como um badalar fúnebre, me faz lembrar que estou velha e que devo ir para a sepultura.

Entram Montecchio e outros.

PRÍNCIPE — Venha cá, Montecchio. Você se levantou cedo para ver seu filho e herdeiro aqui, neste túmulo?!

MONTECCHIO — Ah, meu senhor, minha esposa faleceu esta noite. O sofrimento pelo exílio de nosso filho cortou-lhe a respiração. Que mais conspira contra minha velhice?

PRÍNCIPE — Olhe e verá.

MONTECCHIO — *[Vê o corpo de Romeu.]* Que filho ingrato! Onde está sua educação? Não é certo que um filho desça à sepultura antes do pai!

PRÍNCIPE — Fique quieto e guarde seus comentários indignados para si mesmo até esclarecermos o que houve. Quero saber como tudo começou e o que aconteceu. Enquanto isso, espere, seja paciente. [*Aos guardas:*] Tragam os suspeitos.

[*Guardas trazem Frei Lourenço e Baltasar.*]

FREI LOURENÇO — Sou o maior suspeito, embora possa fazer muito pouco. Eu estava no cemitério quando esse terrível assassinato aconteceu. E aqui me encontro. Podem me interrogar e punir. Eu próprio já me condenei.

PRÍNCIPE — Diga de uma vez o que sabe!

FREI LOURENÇO — Serei breve, porque meu fôlego curto não me fará viver o suficiente para contar uma história entediante. Romeu, aqui sem vida, era marido de Julieta, e ela, também morta, era a fiel esposa de Romeu. Eu os uni pelo matrimônio. O casamento se deu no dia em que Tebaldo perdeu a vida, quando o noivo foi banido de Verona. O motivo de Julieta estar triste era a ida de Romeu para o exílio. Não a morte de Tebaldo. Para curar sua tristeza, vocês lhe arranjaram um casamento com o conde Páris. Então ela me procurou e, desesperada, pediu que eu concebesse um plano que a livrasse desse segundo casamento. Ameaçou suicidar-se em meus aposentos se eu não a ajudasse. Então, dei-lhe uma poção para fazê-la dormir, preparada por minha habilidade com as plantas. O plano funcionou. Todos pensaram que ela estivesse morta. Escrevi uma carta para Romeu, pedindo-lhe que viesse nesta trágica noite para ajudar a tirar Julieta do túmulo quando o efeito da poção acabasse. Mas a pessoa que devia entregar-lhe a carta, frei João, foi detido por acaso. Ontem à noite ele me devolveu a carta. Por isso decidi vir sozinho e aguardar o despertar de Julieta. Eu a tiraria daqui e a levaria a meus aposentos até conseguir entrar em contato com Romeu. Mas, quando cheguei, poucos minutos antes de ela acordar, Páris e Romeu já estavam mortos. Julieta acordou; pedi que me acompanhasse, que encarasse com coragem esta tragédia com paciência. Então um ruído me fez correr, assustado, para fora da tumba. Ela estava desesperada demais para vir comigo. Ao que tudo indica, cometeu suicídio. É isso que sei. E a Ama de Julieta também sabe sobre o casamento. Se sou responsável por alguma parte desta tragédia, que minha velha vida seja sacrificada e que eu sofra a mais severa punição.

PRÍNCIPE — Sempre o consideramos um santo homem. Onde está o criado de Romeu? Que tem ele a dizer?

BALTASAR — Levei a meu senhor a notícia da morte de Julieta. Ele veio imediatamente de Mântua até aqui. *[Mostra a carta de*

Romeu.] Pediu-me que hoje, bem cedo, entregasse esta carta a seu pai. E, quando entrou na tumba, ameaçou me matar caso eu não o deixasse sozinho.

PRÍNCIPE — Dê-me a carta, quero ver o que diz. Tragam o pajem do conde Páris, que chamou a guarda. Que seu amo fazia aqui, rapaz?

PAJEM — Ele trouxe flores para a sepultura da noiva e ordenou que eu ficasse lá fora. Obedeci. Depois, apareceu um homem com uma tocha, para violar a sepultura, e meu amo sacou da espada, tentando impedi-lo. Saí correndo e fui chamar a guarda.

PRÍNCIPE — *[Lendo a carta de Romeu.]* A carta confirma a declaração do monge. Explica como o amor aconteceu e fala da notícia da morte de Julieta. Romeu conta que comprou veneno de um boticário e que decidiu morrer neste túmulo para ficar junto de Julieta. Onde se encontram esses inimigos? Capuleto! Montecchio! Vejam como a maldição caiu sobre seu ódio e como o céu usou o amor para acabar com sua felicidade. Quanto a mim, por ter tolerado a discórdia de vocês, perdi dois primos. Todos fomos punidos.

CAPULETO — Irmão Montecchio, dê-me sua mão. É este o dote de minha filha. Não posso pedir mais.

MONTECCHIO — Mas eu posso dar-lhe mais: mandarei fazer a estátua dela de ouro puro. Enquanto esta cidade se chamar Verona, nenhuma personalidade será mais louvada do que a bela Julieta.

CAPULETO — A estátua que mandarei fazer de Romeu, para ficar ao lado de Julieta, também será rica. São pobres vítimas de nossa rivalidade!

PRÍNCIPE — Esta manhã nos trouxe uma paz sombria: o Sol, desgostoso, não mostrará seu rosto. Vamos embora, conversar mais sobre esses tristes acontecimentos. Alguns serão perdoados, outros serão punidos. Nunca houve uma história de maior infortúnio do que a de Julieta e Romeu.

Saem.

FIM

Romeu e Julieta

PROSA

Prólogo

Verona, Itália. Todos na cidade se conheciam. E conheciam ainda mais a inimizade entre os Capuleto e os Montecchio. O ódio entre eles era tão grande que os empregados de cada uma das famílias também se odiavam.

Não precisava ser assim. As duas famílias eram tradicionais, respeitadas, iguais na importância, na riqueza e na nobreza. Mas o ódio falava mais alto. Muitos membros das duas famílias já haviam morrido por causa da rixa existente entre as famílias. De onde viera aquele ódio tão grande? Ninguém sabia dizer exatamente.

Fazia algum tempo que não havia nenhuma briga entre os Montecchio e os Capuleto, embora eles não se cumprimentassem, não andassem do mesmo lado da rua, não frequentassem os mesmos lugares. Parecia haver um acordo: "Não mexa comigo que eu não mexo com você".

O filho único dos Montecchio era Romeu. Bonito, sedutor, chamava atenção por onde passava. Mas seu coração já pertencia à bela Rosalina havia dois anos. Dois longos anos sofrendo de amor. Sem ser correspondido.

A filha dos Capuleto, Julieta, era uma das moças mais bonitas da cidade. Quase nunca saía de casa. Estava sempre na companhia de sua Ama, que lhe ensinava quase tudo que uma mulher precisava aprender para fazer um bom casamento. Graça, beleza, suavidade e delicadeza ela tinha de sobra. E olhos negros como a noite, que pareciam transpassar quem ela olhasse.

Ao contrário de Romeu, Julieta não estava apaixonada por ninguém. Ainda!

1

O coração parecia querer saltar do peito. O suor escorria pela testa. "Será que isso é amar? Mas todo mundo dizia que a paixão era um sentimento maravilhoso, que levava as pessoas para perto das nuvens", Romeu pensou.

Virou-se de um lado para o outro, tentando se acalmar. Não conseguiu. Respirou fundo. Uma. Duas. Três vezes. Não melhorou. Parecia que alguém estava apertando seu peito. Não adiantaria nada ficar deitado. Não conseguiria dormir. Seria mais uma noite em claro. Mais uma noite sem dormir pensando na sua amada Rosalina. A imagem da mulher amada seria sua companhia noite adentro.

Levantou-se. Amor causava insônia? Nunca ninguém lhe dissera isso. Iria fazer algum exercício para se cansar... Aí talvez conseguisse dormir. Sim, era isso mesmo!

Assim que se levantou da cama, um tremor de frio percorreu seu corpo. Rapidamente, Romeu pegou um cobertor e se embrulhou nele. Olhou pela janela do quarto. No céu, nenhuma nuvem. As estrelas pareciam brilhar mais que nos outros dias. Longe, a Lua cheia quebrava o negrume da noite e iluminava o bosque que ficava além do jardim da enorme casa de seus pais, os Montecchio, uma das famílias mais ricas e poderosas de Verona.

Apesar de a noite não estar gelada como imaginara, tremia sem parar. Ajeitou o cobertor em volta do corpo, protegendo-se ainda mais. Abriu a porta que dava para as escadarias e desceu degrau por degrau, bem devagar, tentando não acordar os pais.

— Preciso de um pouco de ar fresco — decidiu, deixando a casa.

O destino de Romeu, mais uma vez, era o bosque. Nos últimos tempos, era lá que ele se refugiava para aliviar a dor que parecia cortar seu coração em pedaços.

Não imaginava que amar e não ser correspondido fosse tão doloroso. Naquela noite, como nas outras, o sono não viera. Às vezes ele fechava os olhos e entrava no mundo dos sonhos por puro cansaço, mas voltava à realidade pouco depois, para descobrir que sua realidade, naquele momento, era solidão, tristeza, desesperança.

O que Romeu não sabia, era que olhos curiosos acompanhavam seus passos. Da fresta de uma das janelas dos aposentos dos criados, a cozinheira, que seguia a caminhada do filho do patrão, perguntou ao marido:

— O que você está espiando aí?

— Lá vai Romeu de novo para o bosque — respondeu o homem, empregado de confiança dos Montecchio. — Que será que ele vai fazer lá todas as noites?

— Encontrar com alguma namorada, oras! — exclamou a mulher. — Romeu é bonito, rico, um bom partido! Muitas jovens devem querer se casar com ele. — A mulher virou-se na cama e disse ao marido: — Agora volte pra cama. Não demora muito e já teremos de levantar!

O homem deitou-se e falou, antes de adormecer:

— Amanhã vou contar isso ao patrão.

— Grande novidade! Você sempre conta tudo a ele!

— É o meu trabalho — defendeu-se o marido. — E o sr. Montecchio está muito preocupado com Romeu.

— Esse problema é dele, não nosso. Preciso dormir, porque logo mais o trabalho me espera — disse ela, virando-se para o outro lado.

2

Romeu enveredou por uma trilha secreta do bosque e começou a apressar cada vez mais o passo. Segurava com força o cobertor enrolado feito um manto. Quando percebeu, já estava correndo, sem rumo, as lágrimas caindo dos olhos. A dor no peito parecia sufocá-lo. Corria, desesperado, sem rumo, sem esperança de um dia poder conquistar a mulher que era a causa de seu desespero.

Estava apaixonado por Rosalina, uma das moças mais bonitas da cidade. Romântico, declarara seu amor a ela. Mas Rosalina lhe revelara que fizera voto de castidade[6]. Não casaria

[6] Na época em que a peça foi escrita, o voto de castidade não era incomum. Pelo contrário, era prestigiado, porque a jovem (ou mesmo o rapaz) que optasse pelo voto de castidade viveria distante do pecado a vida toda. Para a sociedade, era uma opção inteiramente válida e até estimulada em algumas famílias. A tradição durou mais tempo do que se pensa. Até o início do século XX, nas sociedades agrícolas, principalmente, ou nas famílias de emigrantes, com muitos filhos, era comum que uma jovem não se casasse e ficasse para "tia", com o destino de cuidar dos pais na velhice.

nem com Romeu nem com ninguém. Permaneceria virgem até a morte.

Os sonhos de Romeu de se casar com ela, de formar uma família estavam afundando em um mar de agonia, onde ele agora se debatia.

— Como posso esquecer Rosalina? Não consigo viver sem ela! — gritava na escuridão da noite, enquanto as lágrimas não paravam de cair. Sem resposta para uma pergunta tão simples, seu desespero só aumentava.

Romeu já não era o mesmo. Abatido, olheiras profundas, mais magro, sem brilho no olhar. Os amigos estranhavam. Quando iam visitá-lo, até se assustavam com sua aparência. Romeu quase não saía mais de casa. Estava triste demais para fazer qualquer coisa. O homem elegante, vaidoso, desaparecera. Pegava qualquer peça de roupa, vestia e ficava com ela a semana inteira. Parecia mais um mendigo do que o filho dos Montecchio. Não participava dos treinos de esgrima nem dos passeios a cavalo. Do jovem alegre e brincalhão não sobrara nada. Ele mais parecia um velho desiludido esperando a morte chegar.

Frei Lourenço, confessor e amigo, era a única pessoa com quem Romeu falava de suas tristezas. Criticava-o por aquele amor exagerado e tentava mostrar-lhe que esse tipo de paixão era, na verdade, uma doença que acabaria consumindo a juventude e as forças de Romeu.

Ele sabia que Frei Lourenço tinha razão, mas não fazia ideia de como se livrar de um sentimento tão poderoso. Mais do que tudo que já experimentara. Perto desse sentimento, sentia-se o mais fraco dos homens.

Seus pais, o senhor e a senhora Montecchio, também se preocupavam. Os criados os informavam sobre os passeios noturnos do filho. Romeu costumava voltar para casa somente ao amanhecer e então se trancava no quarto, para, à noite, repetir a ida ao bosque. Estava se tornando um ermitão, um solitário. Se continuasse assim, perderia a juventude, nenhuma mulher iria se interessar por ele, não deixaria herdeiros que usufruíssem da herança familiar. Muito menos, que a aumentassem.

3

Montecchio soube da saída noturna do filho durante o café da manhã. Mas nada pôde fazer naquele momento, porque alguns criados entraram correndo, pedindo-lhe que fosse com urgência até uma praça da cidade.

— Depressa, por favor! Nossos homens lutam com os criados do senhor Capuleto, e já há até sangue pelo chão!

Montecchio abandonou a refeição à mesa e saiu em disparada, acompanhado da esposa, que também largou seu café da manhã. Em instantes chegavam à praça, onde já se encontravam o senhor e a senhora Capuleto, cercados por uma pequena multidão. Uma parte estava a favor dos Montecchio; a outra, dos Capuleto.

Havia séculos que Verona se dividia entre os "torcedores" de uma família e da outra. Inimigas mortais, entre elas era olho por olho, dente por dente! Fazia muito tempo que as famílias não brigavam, mas havia cada história!

Ali, pelo menos um sairia morto! Pelo menos era o que acontecia no passado. A paz que parecia ter tomado conta da cidade até aquele momento acabara!

Claro que não era nenhum membro das famílias Montecchio e Capuleto que lutavam. Mas sim um criado de cada família. O que dava no mesmo, pois os criados representavam as famílias. E as pessoas que assistiam à briga estavam ali para saber qual delas sairia vencedora!

A luta entre os dois criados reavivara a antiga inimizade.

Montecchio se aproximou de Capuleto e ironizou:

— Quem é vilão só trabalha com vilão!

Capuleto deu um passo na direção de Montecchio, mas a discussão parou aí porque o príncipe de Verona chegou naquele momento, acompanhado por seu séquito.

— Súditos rebeldes, inimigos da paz, profanadores do sangue de seus vizinhos... — começou ele, criticando a briga e ameaçando castigar a todos com pena de morte.

Pediu a Montecchio que fosse vê-lo à tarde, para conhecer a sentença que lhe caberia pela luta de seus criados. Ordenou a todos que fossem embora e que a praça ficasse vazia em minutos. A multidão obedeceu, mas os Montecchio e seu sobrinho Benvólio permaneceram ali, a um canto. Depois de o rapaz contar como a confusão acontecera, a senhora Montecchio balançou a cabeça de um lado para o outro e disse:

— Já não bastam todas as tragédias que ocorreram entre nossas famílias? Vocês não podem se meter em confusão! — Olhou para os lados, como se só naquele momento se lembrasse do filho. — Onde está Romeu? Ele não estava aqui quando a briga entre os criados começou, estava? — perguntou ao sobrinho.

Benvólio negou com um gesto de cabeça e contou à tia que pela manhã, quando saíra para uma caminhada antes de o Sol nascer, vira Romeu entre as figueiras do bosque.

— Quando me aproximei dele, ele se afastou. Acho que não queria falar comigo, pois, quando percebeu minha presença, embrenhou-se no bosque.

— Ele tem sido visto nesse bosque em muitas manhãs. Volta para casa assim que o Sol aparece e se tranca no quarto, de janelas e cortinas fechadas. Não sei o que fazer, porque ele não fala para ninguém o que está acontecendo. Se soubéssemos de onde vem a tristeza de meu filho, pode ter certeza de que encontraríamos a cura.

Benvólio ia responder, mas calou-se ao ver Romeu do outro lado da praça.

— Vejam, aí vem meu primo — disse em voz baixa. — Me deixem sozinho com ele. Vou tentar descobrir a causa de sua tristeza.

— Espero que você tenha sucesso — disse Montecchio. — Vamos, minha senhora — falou, dando o braço à mulher.

O casal se afastou alguns segundos antes de Romeu alcançar o primo.

— Bom-dia! — cumprimentou-o Benvólio.

— Já amanheceu?

— São exatamente nove horas.

— Ai de mim! — gemeu Romeu Montecchio. — As horas tristes parecem tão longas... Não foi meu pai que saiu daqui com tanta pressa?

— Sim, foi — Benvólio respondeu rapidamente. Não queria perder a pequena chance dada pelo primo. — Mas que dor faz suas horas passarem tão devagar?

Romeu olhou firme para os olhos do primo. Haviam dividido o mesmo berço, tinham crescido juntos, eram amigos leais e dedicados. Sim, podia confiar em Benvólio.

Decidiu contar tudo o que sentia. Falou de sua paixão por Rosalina, de como admirava a beleza e a inteligência da moça, e do motivo pelo qual aquele era um amor sem esperança.

— O amor, primo, é fumaça nascida dos suspiros — afirmou Romeu. — Correspondido, é fogo que brilha nos olhos dos amantes. Negado, é um mar alimentado pelas lágrimas. Que mais será ele? Uma loucura discreta, uma poção amarga, uma doçura capaz de curar.

— Esqueça essa moça — aconselhou Benvólio.

— Então, primeiro preciso aprender como esquecê-la!

— Há tantas jovens bonitas na cidade. É só você querer ver. Deixe seus olhos encontrarem moças tão bonitas quanto ela!

— Nunca vou encontrar uma mulher tão linda quanto ela — respondeu Romeu, desalentado. — Mostre-me uma mulher muito bonita e eu lhe direi que essa beleza serve apenas para me lembrar da beleza daquela que amo. Sinto muito, primo, é impossível você me ensinar a esquecer Rosalina.

Benvólio sacudiu a cabeça de um lado para o outro, desanimado. Não seria fácil ajudar Romeu. Mesmo assim, morreria tentando.

Os dois ainda conversavam na praça quando um criado de Capuleto se aproximou, com um papel na mão. O patrão daria uma festa naquela noite e pedira que ele convidasse as pessoas que estavam na lista escrita no pedaço de papel. Seria uma tarefa simples... se o criado soubesse ler.

Mas não sabia. Por isso circulava pela cidade, tentando encontrar alguém que pudesse desvendar o mistério das letras e das palavras. Ao avistar Benvólio e Romeu, teve certeza de que sua busca terminara. Aproximou-se.

Romeu cumprimentou o criado, dando-lhe a chance de fazer a pergunta que tanto o incomodava:

— Por favor... o senhor sabe ler?

— Sim, sei ler meu destino em minha miséria — respondeu Romeu.

— Talvez o senhor tenha aprendido isso sem precisar de livros — disse o homem. — Mas, por favor, o senhor sabe ler tudo?

— Sim, se entender a letra e a língua.

— O senhor fala com sinceridade. Adeus e passe bem — despediu-se o criado, fazendo menção de sair.

— Espere um pouco, rapaz — impediu-o Romeu, pegando o pedaço de papel. — Eu sei ler. — Olhou para a lista e falou em voz alta o que estava escrito nela: — "O senhor Martino, sua esposa e filhas; o conde Anselmo e suas encantadoras irmãs; a viúva de

Vitrúvio; o senhor Placêncio e suas amáveis sobrinhas; Mercúcio e seu irmão Valentino; meu tio Capuleto, sua esposa e filhas; minha linda sobrinha Rosalina; Lívia; o senhor Valêncio e seu primo Tebaldo; Lúcio e a encantadora Helena". Um grupo agradável. Aonde eles devem ir?

— Lá em cima — respondeu o criado.

— Lá onde?

— Em nossa casa, para o jantar.

— Na casa de quem?

— De meu amo, o riquíssimo Capuleto. E, se o senhor não for da família Montecchio, por favor, venha ao jantar e saboreie uma taça de vinho. Bom descanso, senhor.

O criado se afastou e Benvólio tratou de aproveitar a deixa:

— Primo, a bela Rosalina, que você ama tanto, estará nesse tradicional banquete dos Capuleto. Ela e outras beldades de Verona. Não perca esse jantar de jeito nenhum! E trate de comparar, com olhos honestos, o rosto dela com o de algumas moças que eu apontar para você. Aí verá seu cisne transformado em corvo.

Romeu não gostou da última frase dita pelo primo, mas não fez nenhum comentário a respeito. Iria ao jantar, não por causa das moças que Benvólio pensava em lhe mostrar. Queria, isso sim, ter a oportunidade de ver seu grande amor.

4

A casa estava arrumada para a festa. A senhora Capuleto ouvira uma conversa que a deixara eufórica. O conde Páris, um nobre belíssimo, jovem, rico e educado, conversara com seu marido e pedira Julieta em casamento. Não havia melhor partido em toda Verona. Sua filha seria muito feliz ao lado do conde, tinha absoluta certeza.

Só que a menina, com 13 anos, confessou que jamais pensara em casamento, embora outras garotas de sua idade já tivessem marido e filhos[7]. No entanto, para não desapontar

[7] Julieta pode parecer muito jovem para os dias atuais, mas, naquela época, as meninas realmente se casavam muito novas, com noivos indicados pelos pais, que muitas vezes só conheciam no momento da cerimônia. Inclusive, a história de Romeu e Julieta é bela porque fala de um primeiro e grande amor, vivido com a intensidade de sentimento de dois adolescentes.

a mãe, prometeu que olharia para o conde durante o jantar e que tentaria gostar dele.

A conversa não foi muito além disso porque um criado as chamou da porta do quarto de Julieta, avisando que os convidados já haviam chegado e que o jantar fora servido.

— Vamos descer, filha?

— Vá, minha menina — animou-a a Ama, que a criara desde bebezinha. — Noites felizes trazem dias felizes.

Sorrindo para a Ama, Julieta levantou-se e, acompanhando a mãe, dirigiu-se ao salão de festas da casa.

Lá fora, não muito distante da mansão, Romeu, Benvólio e Mercúcio, três amigos inseparáveis, se dirigiam para o jantar. Outros conhecidos os seguiam, carregando tochas e máscaras.

Romeu, visivelmente inseguro, avisou que ficaria a um canto, segurando uma tocha e usando sua máscara. Embora desejasse ver Rosalina, sabia que isso o deixaria ainda mais triste. Olhar para a mulher que amava sem poder tocá-la era como um castigo.

Os amigos procuravam alegrá-lo, fazendo brincadeiras e insistindo para que ele dançasse. Mercúcio chegou a contar um sonho maluco que tivera, inventando situações engraçadas para ver se o humor de Romeu melhorava. Em vão. Nada parecia capaz de animá-lo.

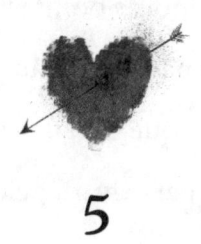

5

No salão dos Capuleto, o jantar terminara. O dono da casa pedira aos criados que afastassem as mesas, para que o baile começasse. As moças dançavam, aguardando que os rapazes se aproximassem e se tornassem seus pares. Os músicos tocavam uma canção após outra, sem descanso. Risos, conversas e o tilintar de taças mostravam que a animação era geral.

Foi esse o ambiente que Romeu, Mercúcio e Benvólio encontraram ao entrar na mansão, com suas máscaras.

Capuleto, o anfitrião, cumprimentou os três rapazes:

— Ah, esses mascarados inesperados são sempre bem-vindos. Sentem-se, por favor! — Deu um largo sorriso. — Já houve dias em que eu colocava minha máscara e sussurrava doces mentiras nos ouvidos das moças bonitas. Sei que elas ficavam contentes. Mas esse tempo já passou. Tudo passa.

Romeu mal ouvia o que o maior inimigo de sua família dizia. Distraído, seus olhos passeavam pelos convidados. Talvez visse Rosalina... Procurava por ela quando, de repente, avistaram... Uma deusa? Um anjo? Uma fada?

Talvez fosse mesmo uma criatura de outro mundo, porque acabara de enfeitiçá-lo. Fizera seu coração disparar. Levara-o a ofegar e a pensar que a respiração falharia a qualquer momento, derrubando-o, num desmaio, em pleno salão.

Não, o motivo daquela emoção desconhecida e sem limites não era Rosalina. Era outra moça, de beleza incomum, quase divina, que, com um sorriso encantador, conversava com alguns convidados. Quem seria ela?

Sim, tinha certeza de que encontrara o remédio para esquecer Rosalina. Que linda! Que graciosa! Parecia um anjo na Terra!

— Acho que meu coração nunca conheceu o amor antes deste momento. Digam que não, meus olhos, porque até esta noite eu não sabia o que é a verdadeira beleza — Romeu falou em voz alta.

Tebaldo, que estava bem perto dele, reconheceu a voz do inimigo.

Sempre cínico e nada romântico, Tebaldo, sobrinho de Capuleto, pediu que o pajem fosse pegar sua espada, disposto a lutar com Romeu. O que um membro da família inimiga estava fazendo ali?

— Vou matar este Montecchio!

O tio, que estava a seu lado, censurou-o.

— Calma! Nada de estragar a festa — o senhor Capuleto falou e segurou o sobrinho pelo braço.— Saia um pouco, respire ar fresco. Deixe Romeu em paz.

Tebaldo ficou irritado com as palavras do tio. Como assim? Deixar Romeu em paz?

O tio continuou:

— Ele está se comportando como um cavalheiro. Para ser sincero, Verona tem orgulho dele, um jovem virtuoso e muito educado. Não tenho por que ofendê-lo em minha casa.

Tebaldo levantou-se e saiu. Mas, antes, jurou a si mesmo que Romeu pagaria pela humilhação que o tio acabara de lhe impor. Não sabia como, nem quando, mas que iria se vingar, ah, isso ele faria. Esperar não era problema... Logo Romeu teria o que realmente merecia!

6

Romeu nem imaginava o que acontecia praticamente ao seu lado. Nem imaginava que tio e sobrinho estavam falando sobre ele. Só tinha olhos para Julieta. Parecia hipnotizado! Ela dançava com elegância e graça, seus passos suaves iam no compasso da música. Seu rosto tinha expressão tranquila e serena. Romeu tinha certeza de que Julieta era a mulher da sua vida!

Esperou pacientemente que a dança terminasse. Enquanto os músicos tocavam os últimos acordes, tratou de se aproximar da pista. Viu Julieta curvar ligeiramente o corpo, agradecendo a seu par, e se afastar com um sorriso. Assim que ela saiu da pista, Romeu adiantou-se e tomou-lhe a mão.

A moça virou-se para ele, surpresa. Mas, ao deparar com os olhos castanhos, tão expressivos, do desconhecido, sentiu que ia desfalecer. O toque, o sorriso, o olhar, o jeito... tudo nele mexia profundamente com seu corpo e com seu coração.

— Se profano com minha mão indigna este santo relicário, o delicado castigo será este: meus lábios, dois peregrinos ruborizados, estão prontos para suavizar meu toque rude com um beijo terno — sussurrou Romeu.

— Bom peregrino, você comete uma enorme injustiça com sua mão, que mostrou uma devoção delicada — respondeu Julieta. — As estátuas de santos têm mãos que os devotos tocam com os lábios, num beijo sagrado.

— Os santos não têm lábios?

— Sim, peregrino, têm. Mas só devem usá-los para orações.

— Então, prezada santa, deixe que os lábios façam o mesmo que fazem as mãos. Ambos rezam. Conceda-me um beijo, ou a fé vai se transformar em desespero.

— Santos não se mexem. Apenas atendem às orações dos devotos.

— Então não se mexa enquanto minhas orações fazem efeito. — Romeu aproximou o rosto do de Julieta e beijou-a suavemente na boca. — Limpo meus pecados em seus lábios.

— Bem, então seus pecados agora estão em meus lábios.

— Meus pecados em seus lábios? Você me disse tão suavemente que pequei... Quero-os de volta — murmurou ele, beijando-a de novo.

— Seus beijos são respeitosos, peregrino — ela comentou, corando de alegria e de prazer.

Quem seria aquele rapaz que reunia beleza, inteligência e ternura? Por que mexia tanto com ela, a ponto de fazer com que tudo o mais desaparecesse de seus sentidos?

— Sua mãe quer lhe falar, senhorita. — A voz da Ama despertou-a dos devaneios.

— Oh... claro... já vou — gaguejou Julieta, ainda sob o impacto dos sentimentos que Romeu lhe provocava.

Dominada por emoções até aquele instante desconhecidas, ela se afastou sem nem mesmo se despedir.

— Quem é a mãe dela? — quis saber Romeu.

— A dona desta casa, uma senhora digna, virtuosa e sábia. Eu fui a ama de leite da jovem com a qual o senhor conversou. E afirmo: aquele que vier a conquistá-la deve ser muito rico — respondeu a Ama, afastando-se de Romeu.

— O quê? Ela é uma Capuleto? Ah, que conta cara! Minha vida está em débito com o inimigo.

— Vamos embora — disse Benvólio, aproximando-se do primo. — A festa acabou.

— Era o que eu temia... Mais um problema em minha vida! — lamentou Romeu, dirigindo-se para a saída.

Mais do que depressa, Julieta tratou de saber quem era aquele jovem. Perguntou à Ama, que tampouco tinha a resposta. Então pediu-lhe que fosse até a porta, onde ele se encontrava, para tentar saber. Assim que a Ama se afastou, Julieta jurou:

— Se ele for casado, um túmulo será meu leito nupcial.

A Ama voltou logo, trazendo a resposta:

— Ele se chama Romeu e é um Montecchio, filho único do grande inimigo dos Capuleto.

— Não pode ser! Como é possível eu me apaixonar pelo inimigo? Está certo que não sabia quem era ele. E, quando descobri, já estava apaixonada. Para mim, o amor nasceu maravilhoso e sinistro. Eu tinha de me apaixonar pelo inimigo?

— O que você está dizendo? — indagou a Ama.

— Uma rima que aprendi há pouco com um dos cavalheiros com quem dancei — disfarçou Julieta.

Segundos depois ouviu a voz da mãe, que a chamava.

— Já vamos, senhora! — a Ama respondeu em voz alta. Então virou-se para Julieta. — Venha. Todos os convidados já se foram.

7

Romeu foi para a rua, mas não tomou o caminho de casa. Em vez disso, dobrou a esquina e avaliou com o olhar o muro alto que cercava a mansão dos Capuleto.

— Como sair deste lugar, se meu coração está aqui? Resista, corpo cansado, e siga seu coração!

Dito isso, ele escalou o muro e pulou para o jardim do inimigo. Benvólio e Mercúcio, que vinham mais atrás, testemunharam a ousadia do amigo e trataram de chamá-lo, para que tivesse juízo e voltasse para a rua. Mercúcio chegou mesmo a exagerar os dotes de Rosalina, para que Romeu voltasse e desistisse da ideia.

De nada adiantou. Extasiado, Romeu avistou Julieta numa janela do andar superior da casa. Aproximou-se vagarosamente, para não assustá-la, e teve uma surpresa e tanto ao ouvi-la conversar com a noite. Sem saber que seu amado estava no jardim e a escutava, ela revelou a paixão que sentia:

— Somente o sobrenome é meu inimigo. Ele continuaria sendo o que é mesmo que não tivesse o sobrenome dos Montecchio. Que é Montecchio? Não se trata nem de mão, nem de pé, nem de braço, nem de rosto, nem de parte alguma que pertença a um homem. Ah, encontre outro sobrenome. Que há num simples sobrenome? A flor que chamamos "rosa" conteria o mesmo perfume suave caso tivesse outra designação. Igualmente, se Romeu não se chamasse "Romeu", manteria a perfeição que possui? Romeu, desfaça-se de seu sobrenome e, em troca dele, que não é parte alguma de você, receba todo o meu ser.

— Aceito sua palavra — declarou Romeu em voz alta, sem poder conter a alegria. — Chame-me apenas "amor", e serei rebatizado. De agora em diante não sou mais Romeu.

— Que homem é esse que, encoberto pela noite, vem ouvir os meus segredos? — perguntou Julieta.

— Pelo sobrenome, não sei dizer quem sou. Querida santa, considero meu sobrenome odioso, por ser seu inimigo. Se o visse escrito, eu o rasgaria.

— Meus ouvidos ainda não ouviram nem cem palavras de sua boca, mas já reconheço o som. Você não é Romeu, um Montecchio?

— Não, jovem formosa; nem Romeu, nem Montecchio, se isso lhe traz desgosto.

— Conte-me como entrou aqui e por que veio. O muro do jardim é muito alto, difícil de escalar. E, considerando quem você é, teria sido morto caso alguém de minha família o visse.

— Voei por sobre o muro com as asas do amor. Nenhuma barreira consegue deter esse sentimento, nem o que ele pode ousar. Por isso, seus parentes não seriam capazes de impedir minha vinda.

— Se o virem, irão matá-lo.

— Há mais perigo em seu olhar do que em vinte espadas de toda sua família. Olhe para mim com ternura e seu olhar será a armadura de que necessito para me proteger do inimigo.

— Por nada deste mundo quero que o vejam aqui.

— O manto da noite me esconde. E, se você não me amar, deixe que me encontrem! Será melhor que o ódio deles ponha fim à minha vida do que viver sem o seu amor.

— Se não fosse o escuro da noite, você veria minhas faces corarem. Você me ama? Sei que a resposta será "sim" e acredito em sua palavra. Ah, Romeu, se me ama, diga isso sinceramente. Caso pense que me conquistou com facilidade, vou fazer de tudo para que me conquiste novamente. Do contrário, dane-se o mundo. Na verdade, meu amado Montecchio, estou muito apaixonada, e por isso você pode pensar que meu comportamento é leviano. Mas, acredite, serei mais fiel a você do que aquelas que se fingem de difíceis. — Julieta suspirou e continuou, com a voz um tanto trêmula: — Eu sei que deveria ter me mostrado mais distante, colocar barreiras para ser conquistada. Mas não consegui. Preciso confessar que você percebeu meu amor antes que eu o descobrisse. Por isso, me perdoe. Não interprete mal por eu me render tão depressa ao amor que a noite escura revelou.

— Julieta, juro pela abençoada Lua que derrama sua luz prateada no alto de todas essas árvores...

— Ah, não jure pela Lua, essa inconstante Lua, que muda de órbita todos os meses... A menos que seu amor também seja inconstante.

— Me diga, então: por quem devo jurar?

— Não jure. Ou, se quiser jurar, jure por você, por sua pessoa digna, deus de minha devoção. Assim acreditarei no que me diz. Não, não jure. Embora eu fique feliz em vê-lo, não me agradam os votos desta noite. Foram muito precipitados, irrefletidos, repentinos. Como o relâmpago, que deixa de existir antes que alguém possa dizer: "Aí está ele, iluminando tudo!". Boa-noite, meu querido. Que a semente do amor amadureça sob a brisa do verão, tornando-se uma bela flor quando nos encontrarmos de novo. Boa-noite, boa-noite! Que o sono e o descanso entrem em seu coração, assim como entraram no meu.

— Você vai me deixar assim, triste?

— Que alegria você gostaria de ter esta noite?

— Gostaria que trocássemos o fiel voto do amor.

— Eu lhe dei meu voto antes mesmo que você o pedisse. Não desejo nada além daquilo que possuo. Minha dádiva é tão ilimitada como o mar, e meu amor é profundo. Quanto mais amor eu lhe dedico, mais eu tenho, pois ambos são infinitos. — Ouviu a voz da Ama, que a chamou de dentro da casa. — Adeus, querido amor! Seja fiel, doce Montecchio. Espere um pouquinho. Volto logo.

— Ah, noite abençoada! — falou Romeu. — Tenho medo, porém. Como é noite, isso tudo pode não ter passado de um sonho. Um sonho maravilhoso demais para ser verdade.

Julieta voltou à janela.

— Vim para dizer três palavrinhas, Romeu querido, e dar meu último boa-noite de hoje. Se suas intenções amorosas forem honradas a ponto de você me propor casamento, mande-me uma palavra, amanhã, pela pessoa que eu enviar: onde e a que horas será realizada a cerimônia. Então, colocarei minha vida a seus pés e o seguirei, meu esposo, pelo mundo. Mas, se seu amor não for verdadeiro, eu lhe peço, pare com seus apelos e permita que eu me entregue à minha dor. Amanhã cedo lhe mandarei um mensageiro.

— Juro por minha alma...

— Mil vezes boa-noite!

Julieta saiu da janela, mas voltou logo depois.

— Romeu, a que horas devo enviar meu mensageiro até você?

— Às nove horas.

— Sem falta. Mas parece que até lá passarão vinte anos. Esqueci o motivo pelo qual o chamei.

— Deixe que eu fique aqui, parado, até você se lembrar.

— Pois eu jamais me lembraria, só para vê-lo aí. Apenas me recordaria de como adoro sua companhia.

— E eu permaneceria neste lugar, para que você se esquecesse.

— Está quase amanhecendo. Boa-noite! A partida é um sofrimento tão doce que eu poderia dizer boa-noite até que a manhã chegasse.

— Que o sono descanse em seus olhos e que haja paz em seu coração. Se eu fosse o sono e a paz, descansaria tão docemente em você... Vou procurar meu pai espiritual, para implorar ajuda e contar o que está acontecendo conosco.

Ao ver Julieta entrar no quarto, Romeu correu até o muro, tomou impulso e escalou-o novamente, pulando para a rua. Seria capaz de fazer isso mil vezes, tão feliz se sentia. Tinha o amor da mulher que amava, e isso era o mais importante de tudo.

Descobrira também o verdadeiro significado do amor. Que o amor não causava dor, que era sublime, que fazia flutuar até as nuvens. Não. O que sentira por Rosalina não fora amor. Porque nem se comparava à alegria que sentia ao olhar agora para Julieta, de pensar que poderia passar o resto da vida com ela, olhando para seus olhos negros, para seus longos cabelos.

Nunca seria capaz de descrever o que estava sentindo. Mas agora sabia o que sentiam as pessoas que encontram o verdadeiro amor.

8

Da mansão dos Capuleto, Romeu foi direto para a igreja de São Pedro. Lá ficavam os aposentos de frei Lourenço, seu amigo e confessor, que o conhecia desde menino.

Quando chegou à igreja, Romeu notou que o frei acabara de voltar do campo, onde colhera as plantas e sementes com as quais fazia seus preparados naturais. Ele sabia, como poucos, usar ervas e grãos para produzir desde medicamentos até poções com poderes quase mágicos.

Ao ver Romeu ali tão cedo, o frade imaginou que o rapaz tivesse passado a noite com Rosalina. Preparou-se para censurá--lo, mas calou-se quando ouviu do jovem amigo a história de um amor proibido por Julieta, nascido com a intensidade de uma tempestade de verão e com a força de um furacão.

Certos do sentimento que os unia, os dois jovens queriam se casar o mais rápido possível. Mas teria de ser às escondidas. Se suas famílias descobrissem, não permitiriam a união. Para que o plano desse certo, o casal dependia da boa vontade do padre, convidado a realizar a cerimônia.

No começo, frei Lourenço considerou aquela ideia maluca. Os dois haviam se conhecido na noite anterior e já queriam unir suas vidas para sempre? Como ter certeza de que o casamento daria certo? E se descobrissem que, no dia a dia, eram tão diferentes que não seriam capazes de dividir o mesmo teto?

"Os jovens são sempre intempestivos", pensou o padre. "Não sabem esperar."

Seu primeiro impulso foi dizer "não", mas em seguida refletiu que o casamento de um Montecchio com uma Capuleto talvez colocasse um ponto-final em séculos de brigas inúteis mas violentas, com vítimas fatais de ambos os lados.

— Está bem, meu filho. Vou ajudá-lo por um motivo: talvez essa aliança se mostre feliz a ponto de transformar o ódio das famílias em amor puro.

Romeu ficou tão contente que não sabia se gritava, ria, cantava, chorava ou pulava. Na dúvida, apenas perguntou quando o frei realizaria a cerimônia.

— Hoje à tarde, meu jovem sonhador. Aqui mesmo, na igreja de São Pedro.

Sem conter a alegria, Romeu saiu para as ruas sorrindo e cumprimentando as pessoas com ânimo renovado. Nem parecia o mesmo jovem que, dois dias antes, pálido e com olheiras profundas, carregava no peito somente dor e desespero.

Não demorou muito e encontrou os amigos Mercúcio e Benvólio, que estavam a sua procura. Pela primeira vez em muitos meses, Romeu mostrava disposição e bom humor. Aceitou as brincadeiras dos amigos, participou das farras que eles faziam. Voltara a ser o Romeu que todos conheciam.

Mercúcio, sempre observador, reparou na mudança.

— Finalmente você se mostra sociável! Agora é o *nosso* Romeu. Agora você é o que é, tanto por arte quanto por natureza!

A conversa prosseguiu por mais algum tempo, mas parou quando a Ama e seu criado, Pedro, se aproximaram. Mercúcio ainda fez algumas brincadeiras antes de ela ir embora com Benvólio, o que a deixou profundamente irritada. Mas a gentileza de Romeu logo a fez esquecer a raiva.

— Querida Ama, faça-me um favor. Peça a Julieta que encontre um modo de sair de casa hoje à tarde. Frei Lourenço pediu que ela vá se confessar antes de nos casarmos.

A Ama ficou confusa e demorou um pouco para responder. Os dois se casariam naquela tarde? Não era cedo demais para dar um passo tão importante? Talvez fosse, mas o que tinha a ver com isso? Não seria ela que iria cuidar da vida da filha dos patrões!

— Esta tarde, senhor? Bem, ela irá.

— Ouça: daqui a uma hora, atrás do muro da abadia, meu criado irá vê-la, Ama, e lhe dará uma escada de cordas, que me levará, no início da noite, ao auge de minha alegria. Continue leal e saberei recompensá-la. Adeus. Diga a Julieta que a espero.

9

Na mansão dos Capuleto, Julieta torcia as mãos, nervosa. A Ama saíra às nove horas, prometendo voltar trinta minutos depois. No entanto, o Sol já ia alto no céu, indicando o meio-dia, e nada de a mulher aparecer.

Ansiosa, foi esperá-la no jardim. Minutos depois a Ama abria o portão e entrava, seguida de Pedro. Julieta correu até ela. A Ama, porém, não estava disposta a dar as notícias tão cedo. Decidiu fazer algum rodeio, para aumentar a expectativa de Julieta e tornar as novidades mais emocionantes.

— Oh, Ama querida, encontrou Romeu? Por favor, peça a seu criado que saia.

— Pedro, espere lá fora — ordenou a mulher, e o rapaz obedeceu.

— E então, minha doce Ama? Ah, meu Deus, por que essa aparência abatida? Se as novidades forem ruins, conte-as com alegria. Se forem boas, não as estrague com uma cara tão azeda.

— Estou exausta! Deixe-me sozinha por um momento. Como meus ossos doem! Que longa viagem!

— Por favor, fale. Conte-me tudo, minha Ama.

— Jesus, que pressa! Você não pode esperar um pouco? Não vê que estou sem fôlego?

— Sem fôlego? Ora, mas tem fôlego suficiente para dizer que não tem fôlego! A desculpa que a senhora usa para não me dar logo as notícias é mais longa do que a justificativa. As novidades são ruins ou boas? Responda ao menos isso! Prometo esperar para conhecer os detalhes, mas ao menos me diga se as notícias são ruins ou boas!

— Bem, sua escolha foi tola. Você não sabe escolher um homem para se casar. Romeu? Não, ele não. Embora tenha o rosto mais bonito da cidade e um corpo atlético como nenhum outro de Verona, aposto que ele não é um modelo de cortesia! — Deu um suspiro que mais pareceu um bufado. — Bem, mas tem uma vantagem, me parece manso como um cordeiro. Siga seu caminho, menina, e sirva a Deus. Ei, já almoçou?

— Não, não. Mas, Ama, disso tudo eu já sabia. O que Romeu disse sobre o casamento?

— Ah, meu Deus, que dor de cabeça! Que cabeça, a minha! Parece que vai se quebrar em vinte pedaços. E, do outro lado, as costas! Oh, minhas costas! Amaldiçoe esse seu coração por me ter enviado para a rua, a procurar a morte, a caminhar de um lado para outro!

— Sinto muito, e me aflige saber que a senhora não está bem. Mas, por favor, Ama, que disse o meu amor?

— Seu amor disse, como cavalheiro honesto e cortês, e bem-educado, e belo e, garanto, virtuoso... Onde está sua mãe?

— Onde está minha mãe? Ora, lá dentro! Onde mais deveria estar? Que resposta mais estranha! "Seu amor disse, como cavalheiro honesto e cortês... onde está sua mãe?"

— Oh, senhorita de Deus! Por que tanta impaciência? É assim que me paga por meus ossos doloridos? De hoje em diante, leve seus recados você mesma.

— Por favor, Ama, conte-me! O que Romeu disse?

— Você tem permissão de sair para confessar?

— Tenho.

— Então não perca tempo e vá aos aposentos de frei Lourenço. Lá a espera um marido disposto a fazer de você uma esposa. Ei, não precisa ficar assim vermelha! Corra até a igreja. Eu, de minha parte, preciso encontrar um criado com uma escada de cordas, para que seu amor consiga alcançar seu quarto quando a noite cair. Sou aquela que trabalha para seu contentamento. Vou almoçar. Corra para a igreja.

— Que a boa sorte a abençoe, Ama, querida!

Julieta correu para o quarto. Iria se casar com o amor de sua vida! Aquele era um grande dia. Queria que ele tivesse a melhor recordação daquele dia e que se lembrasse dela gloriosamente.

Pegou o missal, o terço, ajeitou o véu branco na cabeça e saiu, sem avisar ninguém.

Na igreja de São Pedro, Romeu já a esperava, ao lado de frei Lourenço.

— Eis a dama que chega! — saudou o padre.

— Boa-tarde, meu confessor — ela respondeu.

— Romeu a cumprimentará por nós dois, filha.

Sem esperar por uma segunda ordem, Romeu se aproximou da amada e beijou-a.

— Pois agradecerei muito cada cumprimento dele — disse Julieta, dando outro beijo em Romeu.

Frei Lourenço permitiu que os jovens fizessem algumas promessas de amor e rezou para que elas se tornassem realidade. Em seguida pediu:

— Vamos, venham comigo. Podemos fazer uma cerimônia rápida, começando com o perdão dos pecados. Vocês não podem ficar a sós antes que a santa Igreja celebre o casamento.

Romeu e Julieta olharam-se nos olhos e sorriram. Estavam felizes, mas a timidez fazia com que Julieta corasse.

O grande momento de suas vidas chegara. De mãos dadas, seguiram frei Lourenço até o altar.

10

No momento em que a cerimônia acontecia, na igreja, em outro ponto da cidade Benvólio tentava convencer Mercúcio a voltar para casa. Tebaldo, o brigão, e outros Capuleto circulavam pelas ruas de Verona e, se os vissem, com certeza iriam provocá-los. Mercúcio, que não levava desaforo para casa, reagiria e... Bem, era melhor nem pensar no que poderia acontecer.

Mas Mercúcio, que preferia ficar fora de casa, sentindo a brisa que amenizava o calor daquela tarde, tratou de puxar todo tipo de assunto para não atender o pedido do amigo. Os dois ainda conversavam, animados, quando Benvólio avistou Tebaldo, Petrúcio e os criados.

— Ah, aí vêm os Capuleto — avisou.

— Grande coisa — respondeu Mercúcio. — Não me importo a mínima.

Ao vê-los, Tebaldo pediu a Petrúcio e aos outros que não se afastassem. Queria conversar com os inimigos e precisava de gente sua por perto.

— Boa-tarde, cavalheiros — cumprimentou-os Tebaldo. — Eu gostaria de dar uma palavrinha com um de vocês.

— Só uma palavrinha? — zombou Mercúcio. — Por que não diz a verdade? Por que não confessa que quer nos golpear com sua espada?

— Farei isso com alegria se o senhor me der motivo — retrucou Tebaldo.

— Você não consegue encontrar motivos sem minha ajuda? — devolveu Mercúcio.

— Sei que você está concertado[8] com Romeu...

— Concertado? O que pensa que somos? Músicos? Se for assim, prepare-se para

[8] Concertado: aquele que fez um acordo com outra pessoa.

215

ouvir apenas barulho! — Levou a mão à espada. — Aqui está o arco do meu violino, que fará você dançar!

Benvólio pediu calma aos dois. Afinal, estavam em praça pública, cheia de gente. Podiam ir a um local mais reservado e resolver as diferenças na base da conversa, sem agressões. Mas Mercúcio recusou-se a sair dali.

Não demorou muito e surgiu Romeu. Estava virando a esquina, vindo da igreja.

— Que a paz o acompanhe, senhor — Tebaldo disse a Mercúcio. — Aí vem o meu homem, o homem que procuro.

— Amaldiçoado seja eu, senhor, se ele for "seu" homem, ou melhor, seu criado — indignou-se Mercúcio. — Muito bem, dirijam-se ao campo de duelo. Ele será seu instrutor. Aí, sim, você poderá chamá-lo de "criado".

Romeu aproximou-se do grupo. Tebaldo recebeu-o com uma ameaça:

— O ódio que sinto neste instante só me deixa dizer uma coisa: você não passa de um vilão.

— Pois o motivo que tenho para amá-lo me leva a pôr de lado a raiva que eu deveria sentir e a perdoar seu insulto — declarou Romeu. — Não sou nenhum vilão. Por isso, adeus. Só posso dizer que você não me conhece.

— Isso não serve como desculpa para o mal que você tem me causado — devolveu Tebaldo. — Portanto, dê meia-volta e pegue sua espada!

— Nunca lhe fiz mal, Tebaldo. Aliás, gosto de você mais do que imagina. Por isso, bom Capuleto, acalme-se.

Inconformado com o tom conciliador de Romeu, Mercúcio levantou sua espada.

— *Alla stoccata!* Que vença o melhor! Tebaldo, seu gato sujo, venha lutar comigo!

Tebaldo também sacou da espada.

— Estou pronto!

Romeu tentou demover o amigo da decisão de duelar. Em vão, porque ele e Tebaldo começaram a lutar. Romeu pediu a ajuda de Benvólio e entrou na briga, tentando desarmar os dois rapazes, que pareciam loucos de vontade de usar as espadas.

— Parem com isso, já! Que vergonha! O príncipe proibiu as lutas nas ruas de Verona. Pare, Tebaldo! Pare, Mercúcio!

Tentou desarmar Tebaldo, mas, antes que conseguisse tirar a arma dele, Mercúcio foi ferido gravemente.

— Vamos embora, Tebaldo — Petrúcio falou, meio trêmulo, ao ver Mercúcio caído.

Enquanto os Capuleto se afastavam, Mercúcio amaldiçoava as duas famílias inimigas e se queixava do ferimento que Tebaldo lhe fizera, louco da vida porque o outro saíra sem um arranhão. Disse a seu pajem que fosse buscar um médico. Depois, cada vez mais fraco, pediu que Benvólio o levasse para casa, pois sentia que desmaiaria a qualquer instante.

Meia hora depois, Benvólio voltava com a triste notícia: Mercúcio estava morto. O golpe fora fatal.

Indignado, Romeu viu que Tebaldo voltava, são e salvo.

— Chega de compaixão e de consideração! — enfureceu-se. — A partir deste instante a raiva conduzirá minhas ações. Tebaldo, a alma de Mercúcio aguarda a companhia da sua. Um de nós dois terá de ir com ele.

Ambos puxaram a espada e lutaram. Momentos depois, Tebaldo caía. Benvólio se aproximou dele e percebeu que estava morto.

— Saia daqui, Romeu! O príncipe vai condená-lo à morte se pegarem você. Fuja, vá embora!

Romeu deixou a praça no instante em que o príncipe, os Montecchio, os Capuleto e uma multidão se aproximavam.

— Onde estão os homens que iniciaram esta luta? — quis saber o príncipe.

Enquanto Benvólio lhe contava o que acontecera, a senhora Capuleto chorava a morte de seu sobrinho Tebaldo e exigia que o príncipe a vingasse, condenando Romeu à morte.

— Romeu matou Tebaldo, que antes matara meu primo Mercúcio — ponderou o príncipe. — Quem deve pagar o preço da vida de Mercúcio?

— Não pode ser Romeu! Era amigo de Mercúcio, e deu a Tebaldo o castigo que a lei manda: a morte — defendeu-o Montecchio.

— Por essa transgressão, Romeu será exilado — decidiu o príncipe. — Terá de sair de Verona. Digam-lhe que deixe a cidade imediatamente. Se for encontrado aqui, será morto.

11

A notícia se espalhou como um rastilho de pólvora. Logo chegou aos ouvidos de Julieta, levada pela Ama: Tebaldo fora morto por Romeu, que, como castigo, deveria sair da cidade. Exilado. Banido.

Foi como se dois punhais atravessassem o corpo de Julieta. De um lado, ela perdera o primo querido. De outro, o homem que amava e que se tornara seu marido naquela mesma tarde teria de deixar Verona. Ele viveria e morreria longe dali. Talvez nunca mais o visse.

Era melhor morrer, concluiu Julieta. Olhou para a escada de cordas que seria usada por Romeu para alcançar o quarto, naquela noite, e lágrimas rolaram por seu rosto.

— Pegue essa escada de cordas, Ama — pediu. — Pobre objeto, foi enganado, assim como eu, porque Romeu está no exílio. Ele fez essa escada para chegar a meu leito. Mas eu, viúva, vou morrer como viúva virgem. Venha, Ama, traga as cordas. Em meu leito de núpcias, encontrarei a morte.

A Ama assustou-se com a decisão de Julieta. Uma moça tão linda, com toda uma vida pela frente, estava decidida a morrer? Ah, não. Não mesmo!

— Vá descansar — aconselhou-a a Ama. — Vou encontrar Romeu. Pode ter certeza de que ele virá esta noite. Sei onde se encontra. Vou buscá-lo. Está escondido no quarto de frei Lourenço.

— Ama! Ama! Encontre Romeu e dê a ele este anel — Julieta falou e entregou a ela o anel que estava em seu dedo. Peça-lhe que venha receber seu último adeus.

Aliviada por ver que Julieta parecia mais animada, a Ama foi se arrumar para sair. Faria com que Romeu fosse até Julieta nem que para isso precisasse amarrá-lo e vesti-lo com roupas de mulher!

Enquanto a Ama se preparava, na igreja de São Pedro, nos aposentos de frei Lourenço, Romeu recebia a notícia de seu banimento. Para ele, a sentença do príncipe era o mesmo que a morte.

Sair de Verona, deixar os amigos, a família e, principalmente, a mulher amada era mais do que exílio. Era morrer e continuar vivendo.

— Há mais horror no olhar do exílio do que na morte — disse Romeu, assim que o padre lhe deu a notícia. — O exílio significa estar banido do mundo, e isso é a mesma coisa que morrer.

— Não seja mal-agradecido! — censurou-o frei Lourenço. — Em nossa lei, o ato que você cometeu é punido com a morte, mas o príncipe colocou a lei de lado e substituiu a sombria pena de morte pelo exílio. É uma graça santa, e você não a reconhece.

— É tortura, não graça. O paraíso é aqui, onde Julieta vive — falou Romeu.

Não conseguiu conter as lágrimas. Ficar longe da mulher amada seria o seu destino? Não havia nada mais cruel do que descobrir o amor, ser correspondido e não poder vivê-lo!

Caiu de joelhos, desesperado, diante do frei.

— Todo gato e cachorro, um ratinho, todas as coisas simples que vivem neste paraíso podem ver minha amada. Mas eu não posso. Preciso ir para longe de meu amor, e o senhor ainda diz que o exílio não significa a morte?

— Não fique assim, Romeu. O desespero não vai mudar a situação atual. Pense que talvez, no futuro...

Romeu interrompeu o frei e perguntou, com os olhos ainda molhados de lágrima:

— O senhor teria alguma mistura venenosa, uma faca afiada, algum meio rápido de morte? Não me importa a desonra, o sofrimento que me causará. Quero qualquer coisa que me tire a vida. Porque o exílio vai me tirar a vida vivo. Este será o meu maior castigo. E o senhor sabe que não mereço isso!

— Não seja tolo, Romeu. Olha, tenho uma ideia... — Frei Lourenço parou de falar ao ouvir batidas à porta. — Levante-se, filho. Esconda-se, ou pode ser preso!

Romeu, porém, não se movia. E o padre não teve outra opção senão dirigir-se à porta, porque as batidas não paravam. Abriu uma pequena fresta e viu uma senhora, com expressão contraída e ansiosa.

— Quem a enviou aqui? Que deseja?

— Deixe-me entrar e o senhor saberá por que estou aqui. Venho da parte da senhorita Julieta.

O frei abriu a porta e a Ama entrou, como se tivesse medo de ser vista por alguém.

— Seja bem-vinda.

Mal entrou, a Ama foi logo perguntando:

— Oh, santo frade, onde está o marido de minha senhorita? Onde está Romeu?

— Ali, jogado, embriagado pelas próprias lágrimas.

— Exatamente como minha senhorita! Exatamente na mesma condição. Que situação lamentável! Julieta está assim, deitada, gemendo e chorando, chorando e gemendo sem parar. — Virou-se para Romeu: — Por amor a Julieta, levante-se.

— Ama! — Romeu sentiu uma ponta de esperança. — Fale-me de Julieta. Como ela está se sentindo? Ela me considera um assassino? Ela acha que arruinei o início de nossa alegria com o sangue de um parente tão próximo dela? Onde está minha amada? Que anda fazendo?

— Ela não diz nada, senhor. Apenas chora e chora. Num momento se atira à cama, em outro levanta-se e chama Tebaldo, depois grita "Romeu!" e cai de novo.

— Julieta está assim por minha culpa! — Romeu sacou a espada e, num gesto desesperado, levou-a em direção ao peito.

— Pare! — O tom de voz do frei Lourenço mostrava que ele não admitia ser contrariado. — Você é ou não um homem? Imaginei que fosse equilibrado. Por que quer se suicidar? Se fizer isso, matará também sua esposa, que se uniu à sua vida pelo casamento. O amor eterno que você jurou é uma mentira vazia, assassina do sentimento de que você prometeu cuidar. Você põe em chamas, por fraqueza e ignorância, aquilo que deveria defender.

— Isso mesmo, frei! — aplaudiu a Ama.

— Anime-se! Julieta está viva, e foi por ela que você quase morreu esta tarde. Sinta-se feliz por vocês dois estarem vivos. Tebaldo o mataria, mas você conseguiu acertá-lo. Também deveria estar feliz porque a pena de morte foi transformada em exílio. Você tem sorte: muitas bênçãos iluminam seu caminho. A felicidade vem até você com sua melhor roupa, mas, como um menininho malcomportado e mal-humorado, você lamenta sua sorte e seu amor. Vá e una-se a sua amada, como foi combinado. Suba ao quarto dela e conforte-a.[9]

Romeu ouviu o sermão calado, de cabeça baixa. Sabia que merecia as palavras nada amáveis do frei Lourenço.

— Mas preste atenção — prosseguiu o frade. — Vá embora antes de a guarda da noite sair de serviço, ou então não poderá escapar

[9] O encontro entre Romeu e Julieta, apesar de arriscado, tem um sentido importante para a trama. Na época em que a peça foi escrita, o casamento só era válido se fosse "consumado". Ou seja, se os noivos passassem uma noite juntos e tivessem relação sexual. Caso contrário, poderia ser anulado. A questão era tão absurda que em alguns países, quando se tratava de casamentos com interesses políticos, entre nobres, montava-se um grupo de testemunhas. E os noivos "consumavam" o casamento em público, diante das testemunhas! Isso era perfeitamente aceito pela sociedade, por incrível que pareça.

para a cidade de Mântua. Você viverá ali até que possamos tornar público seu casamento, reconciliar as duas famílias e obter o perdão do príncipe. Então voltará, com duzentas mil vezes mais felicidade do que tinha quando deixou Verona. — Virou-se para a Ama: — Vá na frente. Mande as bênçãos à Julieta. Diga a ela que apresse as pessoas da casa a irem para a cama. Tenho certeza de que todos estão tão tristes e não se oporão. Romeu irá logo mais.

— Oh, Deus, eu poderia ficar aqui a noite inteira, para ouvir bons conselhos. Homens educados são tão valiosos! — elogiou a Ama, antes de voltar-se para Romeu. — Direi à senhorita que o senhor irá vê-la. E aqui está o anel que ela me pediu para lhe entregar, senhor. Bem, boa-noite a todos. Vou para casa.

— Isso tudo me faz reviver! — exclamou Romeu. Parecia outro homem, muito diferente daquele que o frei vira antes da chegada da Ama.

— Vá, meu filho. Boa-noite. E lembre-se de sair antes da troca da guarda ou antes de o dia raiar. Depois, disfarçado, fuja de Verona. Fique em Mântua. Acharei um jeito de encontrar seu criado e, de quando em quando, enviarei notícias sobre todas as coisas boas que acontecem por aqui. Adeus.

— Adeus, frei Lourenço. Muito obrigado. Devo ao senhor essa esperança de felicidade.

12

O destino, entretanto, continuava a conspirar contra o amor de Romeu e Julieta.

Julieta sofria demais, devido à sentença de exílio de Romeu e por seu amor proibido.

Os Capuleto pensavam que o sofrimento da filha fosse por causa da morte de Tebaldo. Afinal, os dois eram muito amigos. Na tentativa de minorar a dor de Julieta, Capuleto decidiu marcar seu casamento com Páris para dali a três dias, imaginando que isso fosse torná-la feliz. Ele e o conde acertavam os detalhes da cerimônia e do dote numa das salas da casa enquanto, no andar de cima, Julieta e Romeu viviam sua noite de amor.

Quando o horizonte começou a clarear, indicando o nascer do dia, o casal, jurando paixão eterna, despediu-se. Romeu desceu pela escada de cordas no mesmo instante em que a senhora Capuleto se dirigia ao quarto da filha para lhe dar a notícia de que se casaria com o conde Páris.

Julieta rejeitou a ideia. Não se casaria com ninguém. Muito menos com o conde Páris.

— Mamãe, por favor — implorou. — Eu sempre disse que queria me casar por amor. Eu não amo o conde Páris!

— Julieta, seu pai e o conde já combinaram tudo. O casamento será daqui a três dias.

Julieta chorou todas as lágrimas que pôde. Chorou pela partida de Romeu. Chorou pela única noite maravilhosa que teria ao lado do homem amado. Chorou porque sua vida agora estava nas mãos do pai e do conde!

— Vamos descer. Seu pai quer falar com você. Quer lhe dar a notícia do casamento pessoalmente. Já negociou até seu dote. — Dizendo isso, a senhora Capuleto abriu a porta e começou a descer as escadas. — Vamos, não demore!

Julieta tentou, tentou e tentou. Inutilmente. O pai, irado, aos berros, negou o pedido da filha. Mesmo vendo Julieta aos prantos, ele a amaldiçoou inúmeras vezes. Espumava pela boca. Parecia que ia ter um ataque. Mas partiu para a ameaça! Se não se casasse com Páris, seria expulsa de casa, deserdada e não lhe restaria opção senão mendigar pelas ruas de Verona.

Ela ainda tentou negociar com o senhor Capuleto, implorando pelo adiamento da cerimônia. Três dias era pouco tempo. Ela precisava pensar. Ver o que poderia fazer. Não poderia aceitar assim, passivamente.

Mas foi inútil. A discussão e as ameaças do pai só aumentavam. Nunca, naquela casa, se ouviram tantos gritos e nunca se viram as pessoas fora de controle.

— Mas... pai... — tentou Julieta mais uma vez — é muito cedo para uma jovem de 13 anos tomar uma decisão que será para toda a sua vida.

Não houve acordo. O pai saiu bufando. Julieta foi para o quarto chorando. E à senhora Capuleto só restou pegar seu terço e rezar para que tudo desse certo. Nada mais poderia ser feito.

Deitada de bruços em sua cama, Julieta não acreditava que o destino estava lhe pregando aquela peça! Encontrara o amor, aquele que queima o coração, que faz sentir flutuar, que tem a capacidade de mudar as cores do mundo... e não poderia vivê-lo...

Chorou, chorou, chorou... Mas de repente uma ideia que lhe pareceu brilhante surgiu em sua cabeça.

Rapidamente, chamou pela Ama.

— Ama, querida, por favor, diga a minha mãe que, por ter aborrecido meu pai, fui ver frei Lourenço, para me confessar e ser absolvida dos meus pecados.

A mulher, que assistira, chocada, à discussão entre pai e filha, exultou.

— Minha filha! Esta é a melhor decisão a ser tomada. Seu pai a ama. Quer o melhor para você. Vá! Vá!

Assim que a Ama saiu, Julieta disse baixinho, quase como se conversasse com o próprio coração:

— Vou conversar com o frei e tentarei encontrar uma solução. Se tudo o mais falhar, ao menos terei o poder de tirar minha própria vida.

Tomada a decisão, ela se arrumou e saiu, dirigindo-se aos aposentos do frade. Lá, encontrou Páris, que fora marcar a cerimônia de casamento. Gentil e educada, tratou-o da melhor maneira que pôde, escondendo seus verdadeiros sentimentos.

Frei Lourenço logo pediu ao conde para deixá-lo a sós com Julieta, para que ela pudesse se confessar. O rapaz, educadamente, concordou.

Mal Páris havia saído, Julieta começou a falar.

— Frei Lourenço, precisa me ajudar. Se o senhor, que é tão sábio, não puder ajudar, por favor, seja gentil o bastante para respeitar a minha decisão. — Tirou um punhal da bolsa. — Resolverei o problema agora mesmo, com este punhal. Deus uniu meu coração ao de Romeu. O senhor nos uniu pelo casamento. E prefiro me matar a me casar com outro homem.

— Não faça isso, filha! Ainda há esperança. Se você decidiu morrer em vez de se casar com o conde Páris, então acho que a ideia que tive pode ser a salvação do amor de vocês. Terá de correr risco de morte...

Julieta não deixou nem que o frei concluísse a ideia dele.

— Pode me pedir para saltar do alto de qualquer torre, ou caminhar pelas ruas perigosas dos bairros onde vivem os criminosos. Ou peça-me para me sentar num campo cheio de cobras venenosas. Pode também me acorrentar junto aos ursos selvagens. Todas essas possibilidades me deixam trêmula. Mas farei tudo o que estiver ao meu alcance para viver com o homem que amo.

O frei Lourenço suspirou. Então, com paciência, disse:

— Julieta, por favor, pode ouvir os planos que tenho?

— Claro, frei! Desculpe, estou ansiosa demais com a chance de não me separar de Romeu.

— Certo, faça o seguinte: vá para casa, finja que está contente e diga que concorda em se casar com o conde Páris. Na véspera da cerimônia, à noite, deite-se e beba o conteúdo deste frasco — recomendou frei Lourenço, entregando-lhe uma garrafinha de vidro. — Uma droga fria e indutora de sono correrá por suas veias, e seu pulso vai parar. Seu corpo esfriará e você não conseguirá respirar. Seu rosto e seus lábios empalidecerão, e seus olhos ficarão fechados. Será como se você estivesse morta. Nenhum movimento será possível, e seu corpo estará rígido como um cadáver.

— Oh! Tem certeza de que a droga funcionará?

— Tenho. Você permanecerá nesse estado por 24 horas e então acordará como se despertasse de um sono agradável. Mas, quando Páris for tirá-la da cama na quinta-feira de manhã, parecerá morta. Então, como a tradição manda, irão vesti-la com suas melhores roupas, colocá-la num caixão e levá-la ao túmulo dos Capuleto.

Julieta sentiu as mãos ficarem frias, enquanto ouvia as palavras do frei.

Ele continuou contando seu plano:

— Enquanto isso, mandarei uma carta a Romeu, contando sobre nossos planos. Ele virá para Verona, e nós a vigiaremos, esperando seu despertar. Assim que isso acontecer, Romeu a levará para Mântua. Isso a livrará da terrível situação que a perturba agora. Mas você não pode mudar de ideia nem se apavorar, para não arruinar seu bravo esforço.

— Dê-me o frasco e verá se tenho medo.

— Aqui está! Agora vá e mantenha-se firme nessa decisão. Vou enviar um portador a Mântua, com uma carta minha para seu marido.

— O amor me dá força, e essa força me ajudará a cumprir o plano. Adeus, frei. Sempre, para o resto de minha vida, agradecerei ao senhor pelo que está fazendo por mim e por Romeu.

13

Quando chegou em casa, Julieta tentou disfarçar sua alegria. Afinal, ficara tão brava, chorara, gritara, achara que seu mundo virara de cabeça para baixo... Não podia nem sorrir, pois poderia causar alguma desconfiança.

Julieta seguiu à risca as orientações de frei Lourenço. A primeira coisa que fez foi pedir desculpas ao pai.

— O senhor está certo, meu pai. Desculpe por ter sido tão rebelde com o senhor. Concordo em me casar com Páris. — Fez um pequeno silêncio e continuou: — Gostaria que o casamento fosse antecipado para amanhã, se o senhor não se importa! Sei que já tomou todas as providências e tudo deve estar pronto.

— É assim que deve ser, minha filha. Aceito suas desculpas. Vamos antecipar o casamento! — exclamou o senhor Capuleto.

Levantou-se da cadeira e disse:

— Vou avisar Páris que o casamento será amanhã. E também cuidarei para que tudo esteja pronto.

Saiu com um sorriso no rosto. Julieta voltara a ser a filha amável de sempre.

O senhor Capuleto mandara comprar os melhores alimentos e bebidas raras. Contratara cozinheiros de fazer inveja. Tudo poderia ser adiantado para o dia seguinte. Então, pediu aos criados que pegassem a lista de convidados e fossem avisá-los sobre a festa do matrimônio.

Com a desculpa de separar as roupas e as joias para o grande dia, Julieta foi para seu quarto, seguida pela Ama.

— Pode me deixar sozinha um pouco? — pediu à Ama. — Gostaria de rezar, de pensar sobre tudo o que aconteceu hoje aqui nesta casa.

— Sim, senhorita, faz muito bem. Seu coração deverá estar limpo de qualquer sentimento ruim para o dia de amanhã — respondeu a Ama, deixando o quarto.

Quando já estava sozinha, vestiu as roupas escolhidas para o casamento, enfeitou-se com as joias, fechou a porta-balcão e as cortinas. Pegou o frasco com a droga e o licor, misturou-os e bebeu todo o líquido. Em seguida, deitou-se e se cobriu.

Os pais, a Ama e o criado passaram a madrugada inteira preparando a festa. Sob o efeito da droga, Julieta não ouviu um único ruído daquela agitação, com criados andando de um lado para outro, cozinheiros mexendo em panelas, mulheres limpando a casa, seu pai comandando os trabalhos.

Assim que o dia amanheceu, a Ama foi acordá-la, pois logo o noivo chegaria, trazendo os músicos. Como Julieta não se levantasse, a mulher abriu as cortinas, para que a claridade a despertasse.

— Acorde, Julieta. É hora de começar a se arrumar. Os convidados logo começarão a chegar. E seu futuro marido, também!

Como Julieta não se mexeu, a Ama curvou-se sobre ela e tocou em seu braço. Percebeu que ela estava gelada, pálida, imóvel.

A Ama deu um pulo para trás.

— Morta! Minha senhorita está morta! Senhora! Senhor! Venham até aqui! Julieta não vive mais! Minha amada Julieta partiu para outra vida!

Desesperada, começou a gritar, atraindo os Capuleto para o quarto. A mãe de Julieta debruçou-se sobre a filha, sua única filha, e deixou as lágrimas correrem pelo rosto. O pai, desesperado, olhava para o rosto pálido da filha, sem emitir um som. O conde Páris, que acabara de chegar, também subiu. Ninguém se conformava com a tragédia. Todos ficaram ao redor de Julieta.

Linda. A roupa que ela usava fez com que ela ficasse com ar inocente, imaculado. Se ela não estivesse imóvel, gelada, inerte, poderiam dizer que estava apenas dormindo.

Ninguém, exceto a Ama, sabia sobre Romeu. Imaginaram que a morte fora causada pela dor da perda de Tebaldo. Levaram o corpo à igreja, para o adeus final, e em seguida colocaram-no no túmulo da família.

Por fora, o túmulo parecia uma capelinha. Ao entrar, via-se uma escada, que levava ao andar inferior. Uma pesada porta a separava de um salão subterrâneo, contendo camas feitas de pedra. Numa delas, os criados colocaram o corpo de Julieta.

Baltasar, criado de Romeu, assistiu ao enterro. Lembrando-se de que o patrão lhe pedira para saber todas as notícias de Verona, o rapaz selou seu cavalo e se dirigiu, a toda velocidade, para Mântua.

Ao receber a notícia da "morte" de Julieta, Romeu decidiu ir para Verona. Que o matassem, mas ele veria Julieta pela última vez.

Antes de sair da cidade, comprou um potente veneno preparado por um boticário local e, montando seu cavalo, seguiu para Verona, acompanhado por Baltasar.

Apeou do cavalo em frente ao cemitério. Baltasar, seu criado, fora buscar uma alavanca e uma picareta, para que Romeu abrisse o túmulo. Assim, ele poderia ver Julieta pela última vez.

Antes de entrar na capela, entregou um envelope a Baltasar e disse:

— Dê esta carta a meu pai assim que o dia amanhecer. Agora, vá para casa e, aconteça o que acontecer, não volte para cá. — Mexeu nos bolsos e pegou um punhado de moedas de ouro. — Tome, meu bom amigo. Viva e prospere. Vá!

Baltasar obedeceu à ordem de Romeu, mas não se afastou muito. Escondeu-se por ali, desconfiado dos planos de seu senhor.

Páris, que fora até o túmulo para cobri-lo de flores, também se escondeu ao avistar a luz da tocha que Romeu carregava. Viu-o aproximar-se e não demorou a reconhecê-lo. Percebendo que ele forçava a entrada com a alavanca e imaginando que fosse profanar a tumba da família inimiga, saltou a sua frente:

— Pare com seu maldito trabalho, Montecchio desgraçado! Vai se vingar de cadáveres? Condenado miserável, eu o peguei! Venha aqui! Obedeça! Você deve morrer!

Romeu fitou-o com calma e respondeu, sem se alterar:

— Sim, devo morrer e por isso vim até este lugar. Bom e nobre jovem, não mexa com alguém que está desesperado. Me deixe sozinho. Não pretendo cometer outro crime. Peço que vá embora. Vim para cá com armas que usarei contra mim. Vá! Escolha viver, e de agora em diante diga que um louco, por compaixão, disse-lhe para fugir.

— Quem é você para fazer esse tipo de pedido? Você não vai me matar! Eu vou prendê-lo, porque você é criminoso, condenado. Tudo está contra você, Romeu. É melhor jogar essas armas no chão! — respondeu Páris.

— Está me provocando? Então se defenda!

Os dois pegaram as espadas e começaram a lutar. O pajem de Páris, apavorado, correu para chamar a guarda. Tarde demais. Romeu acertou o conde.

— Estou morrendo — disse Páris. — Se você tiver um pouco de compaixão, abra a tumba e me deite ao lado de Julieta. — Feito o pedido, virou o rosto para o lado e morreu.

Romeu se aproximou e o reconheceu. Então se lembrou de que, durante a viagem, Baltasar lhe contou que o conde e Julieta iam se casar.

— Não posso colocá-lo junto com Julieta. Não vou atender seu pedido. Vou sepultá-lo neste túmulo glorioso. Túmulo? Não, jovem assassinado. Um farol, porque Julieta está deitada aqui, e sua beleza faz esta tumba transbordar de luz. Colocarei você ali, um morto sepultado por outro morto.

Carregou Páris e ajeitou seu corpo sobre uma das camas de pedra. Em seguida foi até Julieta.

— Ah, meu amor! Minha esposa! A morte roubou o mel de seu hálito, mas ainda não arruinou sua beleza. Ainda há cor em seus lábios e em seu rosto. Tebaldo, que melhor favor lhe posso fazer senão matar o homem que o matou? Perdoe-me, primo! Julieta querida, por que está tão linda? Devo acreditar que a morte se apaixonou por você, e que essa abominável senhora a mantém aqui como sua noiva? Não gosto dessa ideia, e por isso ficarei a seu lado. Descansarei aqui para sempre.

Abraçou Julieta com ternura.

— Olhos, olhem pela última vez! Braços, deem seu último abraço! Lábios, portas da respiração, selem com um beijo virtuoso o acordo eterno que fiz com a morte. — Beijou Julieta e pegou o frasco de veneno. — Venha, veneno amargo! Piloto desesperado, destruamos este navio nas pedras! Um brinde à minha amada! — Tomou o conteúdo do frasco. — Aquele boticário é honesto. Suas drogas fazem efeito rápido. Morro com um beijo.

Romeu deu seu último suspiro no momento em que frei Lourenço entrou no cemitério, com uma lanterna, uma alavanca e uma enxada. Julieta despertaria em alguns minutos, e ele a esconderia em seus aposentos até que Romeu voltasse de Mântua.

A carta que enviara ao jovem, por meio de frei João, não fora entregue. O frade fora impedido de sair da cidade pela guarda. Pensaram que ele cuidara de doentes atacados pela peste que dizimava grande parte da população e que poderia ter se infectado. Tinham ordens de não permitir que suspeitos de haver contraído a doença deixassem Verona, para não contagiar os habitantes das cidades vizinhas.

Assim, imaginava frei Lourenço, Romeu ainda não sabia do que se passava. Por isso, ao acordar, Julieta não teria o marido a seu lado. Para que a jovem não se assustasse, o frade decidira estar presente quando ela despertasse. Contaria por que Romeu ainda não aparecera e a levaria à igreja de São Pedro até que o rapaz viesse para levá-la a Mântua, onde viveriam como marido e mulher.

— São Francisco, por favor, me ajude — pediu frei Lourenço. — Quantas vezes, esta noite, meus velhos pés tropeçaram em túmulos? — Ouviu um ruído. — Ei, quem está aí?

— Um amigo que o conhece bem — respondeu Baltasar.

— Deus o abençoe. Diga-me, meu bom amigo, o que é aquela luz que ilumina a escuridão? Parece que vem da tumba dos Capuleto.

— É lá que a tocha arde, padre. Meu senhor, de quem o frei tanto gosta, se encontra lá.

— Quem é ele?

— Romeu.

— Há quanto tempo está ali?

— Há exatamente meia hora.

Frei Lourenço fez o sinal da cruz. Um calafrio percorreu seu corpo. Parecia prever que algo de muito grave havia acontecido.

Apressou o passo na direção da capela. Quando chegou perto da entrada do túmulo, viu as manchas de sangue no chão.

— Que sangue é esse? O que significam estas espadas ensanguentadas e sem espadachins? Nada disso combina com este lugar, que deve ser de repouso e paz!

Seu coração batia feito louco. Algo de muito terrível acontecera ali. Entrou na tumba aos tropeções.

— Romeu! — Viu que o jovem estava pálido. Mortalmente pálido. Olhou para o túmulo ao lado do de Julieta e viu Páris encharcado em sangue. — Em que momento esta tragédia aconteceu?

Frei Lourenço não teve tempo de se recompor. Virou a cabeça e viu que Julieta começava a se mexer! Deu um passo na direção dela.

Quando despertou completamente, olhou para frei Lourenço e perguntou, ansiosa:

— Onde está meu marido? Ele não deveria estar ao meu lado, quando eu despertasse? Não foi isso que combinamos?

O frei abriu a boca para contar sobre o desencontro que houvera, quando um ruído chamou sua atenção.

— Ouço barulho... Senhora, saia desse ninho de morte. Um poder muito forte e invencível arruinou nossos planos. Seu marido está logo ali, morto. Páris, também. Venha depressa. Vou levá-la para um convento de freiras piedosas. Não faça perguntas agora. A guarda está vindo. Vamos embora, senhora Julieta. Não ouso ficar aqui nem mais um segundo.

— Pode ir, frei. Quanto a mim, não sairei daqui. Vá, frei! — ela insistiu com firmeza.

Frei Lourenço decidiu respeitar o desejo da jovem. Foi embora sozinho. Julieta desceu da cama de pedra e se aproximou de Romeu.

— O que é isto em sua mão, meu amado? Um frasco. Veneno? Foi este veneno que o levou à morte? — Julieta ergueu o frasco e viu que estava vazio. Deu um sorriso de dor. — Que mal-educado! Bebeu tudo e não deixou nem uma gota para me dar alívio! Mas não tem importância! Vou beijar seus lábios. Talvez tenha ficado um pouco do veneno neles, e me tirará a vida. — Beijou Romeu. — Seus lábios ainda estão quentes, amor.

A voz de um guarda, lá fora, chegou até ela:

— Vamos, rapaz, me sirva de guia. Qual é o caminho?

— Alguém se aproxima — sussurrou Julieta. — Preciso ser rápida. — Olhou ao redor. — Oh, um punhal! Que maravilha! — Pegou o punhal de Romeu, apunhalou a si mesma e caiu, já sem vida, sobre o corpo do marido.

Nesse instante entraram os homens da guarda, guiados pelo pajem de Páris.

— Há sangue pelo chão — constatou o chefe da guarda. — Vasculhem todo o cemitério! Se encontrarem alguém, prendam! — Observou o cenário a sua frente, pesaroso. — Ah, que visão mais dolorosa! O conde foi assassinado e Julieta, que há dois dias foi sepultada aqui, sangra, com o corpo ainda quente, como se tivesse sido morta há alguns minutos. Vão dar a notícia ao príncipe! Chamem os Capuleto e os Montecchio! Depressa!

Alguns guardas saíram para cumprir as ordens enquanto outros voltaram, trazendo Baltasar. Outros mais chegaram, com frei Lourenço. O chefe da guarda pediu que seus homens os mantivessem detidos.

O príncipe e seu séquito finalmente apareceram.

— Que desgraça aconteceu aqui? — perguntou ele, no momento em que os Capuleto entravam na tumba.

— O que houve? — perguntou Capuleto. — Por que esses gritos por toda parte?

— Pelas ruas as pessoas gritam o nome de Romeu — explicou a senhora Capuleto. — Outros, o de Julieta. Outros, o de Páris. E todos correm, aos berros, para o cemitério.

— Que horror é esse que faz as pessoas gritarem tanto? — quis saber o príncipe.

— Alteza, aqui está o conde Páris, morto — apontou o chefe da guarda. — Romeu também está morto, e Julieta, que falecera antes, tem o corpo quente e está morta de novo.

— Investiguem, procurem por toda parte e descubram como essa tragédia ocorreu!

— Aqui estão um frade e o criado de Romeu — prosseguiu o chefe da guarda. — Carregavam ferramentas para abrir o túmulo. — São os principais suspeitos dessa tragédia. Terão muito a explicar!

O senhor Capuleto, desesperado, olhava para a filha, que tinha o punhal dos Montecchio cravado no peito.

— Esposa, veja como nossa filha sangra! A bainha do punhal dos Montecchio está perto de Romeu. O punhal está cravado no peito de nossa filha!

A senhora Capuleto caiu em completo desespero.

Naquele momento, Montecchio e seus criados entraram na tumba.

— Ah, meu senhor — disse o homem, dirigindo-se ao príncipe. — Minha esposa faleceu esta noite. O sofrimento pelo exílio de nosso filho cortou-lhe a respiração. Que mais conspira contra minha velhice?

— Olhe e verá — respondeu o príncipe.

Montecchio olhou para o corpo de Romeu e começou a chorar.

— Ah, filho ingrato! Onde está sua educação? Não é certo que um filho desça à sepultura antes do pai!

O príncipe pediu que os guardas colocassem os suspeitos a sua frente.

— E então, o que têm a dizer? — perguntou-lhes.

— Sou o maior suspeito, embora possa fazer muito pouco. Eu estava no cemitério quando tudo isso aconteceu — disse frei Lourenço. — Podem me interrogar e me punir. Já me condenei e me perdoei.

— Diga de uma vez o que sabe! — ordenou o príncipe.

— Romeu era marido de Julieta, e ela era a fiel esposa de Romeu. Eu os uni pelo matrimônio. Eles se casaram no dia em que Tebaldo foi morto e Romeu, banido de Verona. — Deu um longo suspiro e continuou: — Julieta estava triste porque Romeu foi condenado ao exílio, não por causa da morte de Tebaldo. Para curar sua tristeza, vocês lhe arranjaram um casamento com o conde Páris. Então ela me procurou e, desesperada, pediu-me para conceber um plano que a livrasse desse segundo casamento. Ameaçou suicidar-se em meus aposentos se eu não a ajudasse. Então, dei-lhe uma poção para fazê-la dormir, preparada por minha habilidade com as plantas. O plano funcionou. Todos pensaram que ela estivesse morta.

Fez uma pequena pausa, antes de prosseguir:

— Escrevi uma carta para Romeu, pedindo-lhe que viesse na trágica noite de ontem para ajudar a tirar Julieta do túmulo quando o efeito da poção acabasse. Mas a pessoa que devia entregar a carta foi detida por acaso. Ontem à noite ele me devolveu a carta. Por isso decidi vir sozinho e aguardar Julieta despertar. Eu a tiraria daqui e a levaria a meus aposentos, até conseguir entrar em contato com Romeu.

— Isto é uma loucura — a senhora Capuleto falou, aos prantos.

— É a verdade, senhora. Quando cheguei aqui, poucos minutos antes de ela acordar, Páris e Romeu já estavam mortos. Julieta acordou e viu que o marido estava morto.

Frei Lourenço contou a todos o que se passara. Do momento em que ouvira o barulho, lá fora, até a hora que Julieta ordenara que ele fosse embora.

— A Ama de Julieta também sabe sobre o casamento — frei Lourenço falou. — Se sou responsável por alguma parte desta tragédia, que minha vida seja sacrificada e que eu sofra a mais severa punição.

— Sempre o consideramos um santo homem — declarou o príncipe. — E o criado de Romeu, o que tem a dizer?

— Levei a meu senhor a notícia da morte de Julieta — começou Baltasar. — Viemos juntos de Mântua. — Mostrou a carta de Romeu. — Pediu-me que hoje, bem cedo, entregasse esta carta a seu pai. E, quando entrou na tumba, ameaçou me matar caso eu não o deixasse sozinho.

— Dê-me a carta, quero ver o que diz — pediu o príncipe. — Tragam o pajem do conde Páris, que chamou a guarda.

Assim que o pajem entrou, o príncipe foi logo perguntando:

— O que seu amo fazia aqui, rapaz?

— Ele trouxe flores para a sepultura da noiva e ordenou que eu ficasse lá fora. Obedeci. Depois, apareceu um homem com uma tocha, para violar a sepultura, e meu amo sacou da espada, tentando impedi-lo. Saí correndo e fui chamar a guarda.

O príncipe leu rapidamente a carta de Romeu.

— A carta confirma a declaração do monge. Explica como o amor aconteceu e fala da notícia da morte de Julieta. Romeu conta que comprou veneno de um boticário e que decidiu morrer neste túmulo para ficar junto da esposa.

Colocou as mãos unidas junto ao peito e falou, num tom mais alto:

— Capuleto! Montecchio! Vejam como a maldição caiu sobre o ódio e a inimizade que cultivaram um pelo outro e como o céu encontra meios de matar suas alegrias utilizando-se do amor! — suspirou e completou: — Eu também sou culpado. Por ter tolerado a discórdia entre vocês, perdi dois primos. Como podem ver, todos fomos punidos.

— Montecchio, dê-me sua mão — pediu Capuleto. — É este o dote de minha filha. Não posso pedir mais.

— Mas eu posso lhe dar mais — respondeu Montecchio. — Mandarei fazer a estátua dela de ouro puro. Enquanto esta cidade se chamar Verona, ninguém será mais louvado do que Julieta.

— A estátua que mandarei fazer de Romeu, para ficar ao lado de Julieta, também será rica — declarou Capuleto. — São pobres vítimas de nossa rivalidade!

— Esta manhã nos trouxe uma paz sombria: o Sol, desgostoso, não mostrará seu rosto — comentou o príncipe. — Vamos embora, conversar mais sobre esses tristes acontecimentos. Alguns serão perdoados, outros serão punidos. — Balançou a cabeça, tristonho. — Nunca houve uma história de maior infortúnio do que a de Julieta e Romeu.[10]

[10] A peça de Shakespeare é baseada em um conto da Itália, escrito em 1562, chamado "A Trágica História de Romeu e Julieta", escrito em versos por Arthur Brooke. Shakespeare escreveu a peça entre 1591 e 1595. É interessante notar que o autor português Camilo Castello Branco retoma o tema do amor impossível em "Amor de Perdição", um clássico da literatura de língua portuguesa, escrito em 1862.

Quem foi William Shakespeare

© VORONOV/SHUTTERSTOCK

Considerado o maior autor de língua inglesa, William Shakespeare nasceu em 1564 em Stratford-upon-Avon. Era o terceiro filho do casal John e Mary, de um total de oito. Desde cedo começou a ler autores clássicos, novelas, contos e crônicas, que foram fundamentais na sua formação de poeta e dramaturgo.

Aos 18 anos, casou-se com Anne Hathaway, com quem teve três filhos, Susanna e os gêmeos Judith e Hamnet, que morreu aos 11 anos. Em 1591 partiu para Londres tentando encontrar o caminho profissional tão desejado.

Entre 1582 e 1592, trabalhou como ator, dramaturgo e dono da companhia teatral Lord Chamberlain's Men, depois consagrada como King's Men. A criação de sua primeira peça, *Comédia dos erros*, iniciou-se em 1590 e completou-se quatro anos depois. Foi nessa fase também que escreveu pelo menos 150 sonetos, mas sua fama foi conquistada não por seus poemas, e sim por suas peças.

Entre os anos de 1590 e 1602, Shakespeare escreveu comédias, dramas históricos e tragédias no estilo renascentista. Depois, até 1608, passou a se dedicar especialmente ao estilo trágico, quando surgem então os clássicos *Hamlet, Rei Lear* e *Macbeth*. Depois disso, sua obra é marcada basicamente pelo lançamento de peças que têm o final conciliatório. Sua última etapa criativa foi dedicada à elaboração de tragicomédias e ao trabalho conjunto com outros autores. No total, escreveu cerca de 40 peças.

Shakespeare apresenta a natureza humana em toda a sua complexidade, como a paixão de Romeu e Julieta; o ciúme cego de Otelo; a ambição de Macbeth; a célebre frase de Hamlet "Ser ou não ser, eis a questão", conhecida até mesmo por quem ainda não teve contato com sua obra. Nas suas peças, os crimes, os incestos, as violações e as traições são ingredientes para o divertimento do público.

Shakespeare viveu o auge do teatro elisabetano, momento histórico que o favoreceu intensamente, pois desenvolveu seu trabalho teatral em pleno auge do reinado da rainha Elisabeth I, considerado o tempo de ouro da cultura inglesa. A obra do escritor aborda temas próprios da alma humana, como o amor, os problemas sociais, as questões políticas, entre outros, temática que vai além de qualquer esfera temporal, o que explica seu eterno sucesso.

Em 1610, voltou à sua terra natal, onde produziu seu último trabalho, *A tempestade*, concluído apenas em 1613. Três anos depois, em abril de 1616, faleceu por motivos não revelados pela História.

Muitas hipóteses foram levantadas por estudiosos com relação à não existência de Shakespeare, até a de que suas obras pertenciam a outros autores. Porém, o que realmente importa é o valor eterno de suas obras, que renascem a cada nova adaptação, seja para o teatro, cinema, TV ou literatura.

Quem é Walcyr Carrasco

Walcyr Carrasco nasceu em 1951 em Bernardino de Campos, SP. Escritor, cronista, dramaturgo e roteirista, com diversos trabalhos premiados, formou-se na Escola de Comunicação e Artes de São Paulo e por muitos anos trabalhou como jornalista nos maiores veículos de comunicação de São Paulo, ao mesmo tempo que iniciava sua carreira de escritor na revista *Recreio*. Desde então, publicou mais de trinta livros infantojuvenis ao longo da carreira, entre eles, *O mistério da gruta*, *Asas do Joel*, *Irmão negro*, *A corrente da vida*, *Estrelas tortas* e *Vida de droga*. Fez também diversas traduções e adaptações de clássicos da literatura, como *A volta ao mundo em 80 dias*, de Júlio Verne, e *Os miseráveis*, de Victor Hugo, com o qual recebeu o selo de altamente recomendável pela Fundação Nacional do Livro Infantil e Juvenil. *Pequenos delitos*, *A senhora das velas* e *Anjo de quatro patas* são alguns de seus livros para adultos. Autor de novelas como *Xica da Silva*, *O cravo e a rosa*, *Chocolate com pimenta*, *Alma gêmea*, *Caras & Bocas*, *Amor à vida* e a adaptação para televisão do romance *Gabriela, cravo e canela*, de Jorge Amado, é também premiado dramaturgo — recebeu o Prêmio Shell de 2003 pela peça *Êxtase*. Em 2010 foi premiado pela União Brasileira dos Escritores pela tradução e adaptação de *A Megera Domada*, de William Shakespeare.

É cronista de revistas semanais e membro da Academia Paulista de Letras, onde recebeu o título de Imortal.